最期のアトリエ日記

野見山暁治

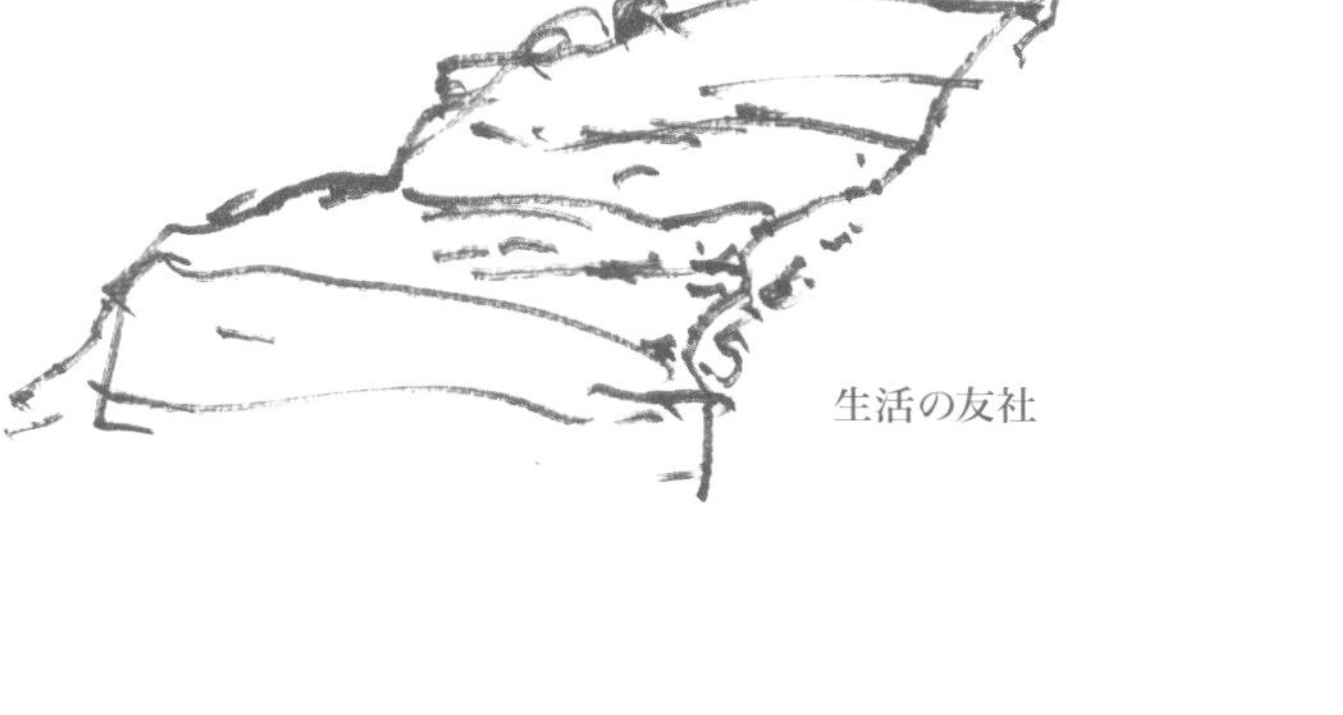

生活の友社

最期のアトリエ日記

装幀／水戸部　功
挿画／野見山暁治
※題字は著者の直筆に
一部作字を加えています

目次

2020

5月1日

コロナ騒ぎの今、病院に行くのは嫌。昨日のような目まいはないが、胸はまだむかつく。船酔いになったような不快感。

村田さんが亡くなった、と奥さんからハガキ。ぼくの絵を愛してくれた。講談社に出向いてぼくの画集出版を依頼し、立派な画集を出してくれた。

あの折の講談社の船山さん。もうだいぶ前に亡くなっている。昨日は佐藤全孝が亡くなったと知らせてきた。藝大でぼくの教室にいた学生だ。

いつだったか彼の個展、是非見に来て下さい、と書き込んだ案内状が届いた。こんな絵を並べて、是非とは失礼じゃないか、と会場で大きな声を出したら困っていた。実直な、可愛い若者だった。

5月2日

いつまでもウイルスに震えあがっていても、動きがとれん。今まで着ていた物を脱いで、さっぱりと下着も薄くした。当たり前だ、五月。

5月3日

若いとき兵卒として、遠くへ送られた、これは次の戦争だ。わざわざ赴かなくていい。住んでいるここが戦場。

急激にのしあがってきた人類への、地球上の諸々の報復。とうとうこういう怖ろしい事になったのか。

5月4日

倉庫内の寄贈作品、コロナ騒ぎで調査を中断のまま。昨日までのように応援軍を呼べないので、千里、独りで未整理の作品に取りかかる。男のぼくはもう老齢。使いもんにならん。

5月5日

マスクありますか、と芝野さんから問い合わせ。世の中の事情にうといぼくにはありがたい。あの戦争以来の買い溜めの悪い癖。ほんとうにおかしな世の中。

5月6日

冷えびえとしている。自分だけの体感なのか、巷のぬくもりはどうなんだろう。

いま描いている絵が、人の眼にどう映るのか。作者と同じ反応をこの絵から受けてくれるだろうか。どうも水槽の中を泳いでいるようで、やりきれん。

5月7日

少菜子さんから、父が亡くなった、と電話あったのが、三日まえ。至急、弔辞をお願いと。

池田誠さんは亡くなられたのか。八十七歳。何年まえになるか、突然、信州上田の無言館にやってきて、あなた方は戦没画学生の遺作を蒐集し寄付を募って美術館を建てたのに、莫大な税金を課されていると、ぼくらの無知にあきれたようだ。

豊橋で税理士事務所を経営している。後日、国税局は税金の額を変更してくれた。以来池田さんの知恵にすがり、気性に頼り、折々に晩餐を楽しむほどの仲良しになった。

今までのぼくの人生、貴重な人と触れあった。現れては消えてゆく。もう現れる人はないだろう。それだけに灯が一つ消えた淋しさ。

5月8日

午後はずっと池田さんの弔辞にかかった。池田さんのお父さんは、かつての北方領土の占守島《しゅむしゅ》で終戦を迎えたものの、不法なソ連軍の攻撃を受けて、やむなく応戦し、全員戦死。その折の号令を下した司令官、池田大佐。

その人の御子息か。納得がゆく。戦争はまだまだ終わってはいない。

折々に手を差しのべる人が現れて、こうもぼんやりでも食えている。この好運を、身近な人は不思議がる。当のぼくはずっと好運だから気がつかない。

5月9日

やけに新聞が溜まる。読んでも読んでも、読み残しが出る。こうして常に新聞がうんざりするほどに机の上に重なる。

俺は歳だから、と呑気でいたが、読んでゆくうちにだんだん弱気になってきた。命がいとおしくなってきた。

5月10日

たしかに社会の在り方が変わるかもしれん。呑気なことを言ってはおれん。今日をどう生きるか。昨日とはもうかなり違うのだ。ぼくは年寄りだし、自分さえ始末よく暮らしていればよいが、世の人たちは社会の歯車の中、明日がどうなるのか。

5月11日

今月末に九州、糸島に行くことになった。移動するのには例年より少し早いと思うが。

はやくも夏を思わせる陽気。庭にはいろんな花が咲いては散って。

5月12日

昨日は少し前からの三点にサインを入れた。未完成だとイーゼルの上に置いた五〇号。今日の夕方には、なんとなくサインを入れる。本当か、ここのところ、少し甘いんじゃないか。

5月13日

世の中、こんなにも絵描きがいたのか。予定の展覧会、コロナのせいで延期、取り止め、ないしは謝りのハガキ。

予告篇だけで終わると、妙に印象に残る。本当に毎週、絵描き、溢れていたんだ。

五十になっても六十になっても、いや死ぬまで食えない絵描きに、こうも多くの人間が参加しているのが判らない。

俺は天性、絵描きだ。絵描きの誰に聞いても、そう答えるだろう。始末がわるい。

5月14日

今日は木曜。お手伝いさんが来てくれる日。

彼女はいつものようにやってくるが、今はコロナウイルスの道を辿っての事。ぼくにそれだけの犠牲を強いる資格があるのか。

5月15日

区役所の三人とデザイナーの伊藤さん。練馬の聖火リレー受け渡し前の幔幕の打ち合わせにやってくる。総勢、マスクをつけたままの対応。

異様な光景。人格が消されている。人間、他の動物のように素裸では歩かない。布で被っている。いっそ顔も被ったら、面白いだろう。ジャン・ジュネの、似たようなお芝居を、以前、パリで観たことがある。

5月16日

焦ると、うまくゆかん。昨日いったん決まったデザインの上に修正を加える。いつもと違う素材。他人の描いた絵の上に、徒《いたず》らをやっているような、無責任な愉しさ。

5月17日

幔幕の大きさに拡大して、紙に焼きつけたデザイン。二、三日まえ区役所の人が、アトリエで見せてくれたが、どうも今ひとつ、ピンとこない。日曜という解放感で大きく欠伸をして、幔幕の原画をやり直す。いくらか自分のものらしくなって来た。

5月18日

今月末に九州のアトリエへ赴く予定。

今、あくせく描いている、数点。幾つになったら悠々と、老人の暮らしが出来るんだろう。

5月19日

さっき日が暮れたばかりなのに、雨か、晴れかわからない。外へ出なくなって、まるで穴ぐら暮らしの原住だ。外界の様子がおぼつかない。いつの間にか、庭の木々が、緑に溢れる。

5月20日

作品を数点、描きかけのままでは口惜しい。なんとかモノにして唐津湾ぞいの仕事場へと焦る。

焦って、うまくゆくことはない。しかし、たまに何かが生まれることもある。絵描きと称しているぼく、実はマヤカシだな。

5月21日

コロナウイルスの警戒網がかなりゆるくなった。お手伝いの彼女、もう大丈夫ですよ、と言うが、ウイルスが昨日から今日と一変するわけじゃない。とにかくぼくは臆病なんだ。

5月22日

小品を並べて描いているところへ、ＮＨＫの首藤ちゃんがカメラマンを連れてやってくる。

描いている方は辛い。自分で演技をやりはじめる。首藤ちゃん、インタビュに切り換える。

5月23日

菊畑茂久馬、亡くなった。そう会っている仲ではなかったが、いい友人だった。思い出をと西日本新聞からの依頼。いかんなあ、これといって賞めるところがないのが魅力なんだ。いないのが、淋しい。

5月24日

早起き。福岡へ出発。同時に工務店の人たち、入り込んで、傷んだ天井や、床の修理に取りかかる。家の方々傷むのと同時に、ぼくの体も弱って軋む。

着いた福岡空港。ＲＫＢを辞めた西嶋さんが出迎えてくれてありがたかった。

5月25日

新聞社から頼まれていた、菊畑さん追悼文。わずか三枚なのに、苦労している。気分的には親しい友だちなのに、彼の画業も人となりも、よく知らん。

5月26日

ぼくの気持ちのなかでは、これで充分なんだが、ともかく書いて、千里に渡した。彼女、読んでみて、うんともすんとも言わん。そうだろう、文章になってない。昼、さくら病院。まあ当分、大丈夫ですよと、友人の江頭先生。近々、うまいフランス料理でもと気楽に約束。

5月27日

そそくさと昼を済ませて、千里、東京へ発つ。ぼくの絵のこと、家のこと、みんなぼくの雑用。それにしても、もう少し暖かくなれ。

5月28日

まだ太陽は輝いている。手伝いに来てくれたユキ子さんに頼んで、海っぱたまで。砂浜に椅子を並べて裸で長々と、陽を浴びた。ああ、以前は波の音を聴きながら、太陽いっぱいだった。

5月29日

疲れが出るような事はなにもしていないのに、倦怠感というか、うとうとと睡気《ねむけ》。遅い昼を終わったところに、どっとぼくの兄弟たち。

九州はコロナに制約されないのか。はしゃいで、飲んで食って、我がちに勝手なことを喋る。八十三歳、八十七歳、九十一歳、もっと年上のぼく。

この団欒、すさまじい。お互い喋り合っている積もりなんだろう。相手の声は耳に入ってこないんだ。

5月30日

九州へ来てから一週間近くになって、初めてアトリエに入る。絵が一枚も壁にかかっていないアトリエ。四方から何かおし寄せてくるような、少し怖い白々しさだ。早く自分の息を吹きかけよう。

5月31日

大きくはないが、がっちりと固まった荷物が届く。重いはずだ。一枚一枚、新聞や雑誌に載ったぼくのエッセイ、評論、デッサン、絵画写真。ぼくに関する記録が少しずつ重なって、この寿命まで。

藝大の教え子だったノリちゃんが、折々にスクラップした誌面を送ってくれたもの。良くも悪くも、玉手箱だな、これは。

6月1日

クリストが死んだ。夕刊に、年とった芸術家の顔が出ている。ブルガリア人だったのか。きりりとして、ぼくくらいの背丈だった。爺さんになるとは思わなかった。作品の莫大なエネルギー。素晴らしいと彼の手を握ると、ビタミンCと細い腕をまくって力瘤をつくって見せた。

6月2日

昨夜、わずかな滞在を終えて千里が戻る。相変わらず東京のコロナ事情、やはりここと違う。いったい地球はどうなる。この状況があと何日続くか知らんが、一日一日食えない人々が増えつづける。暴動が起きるかもしれん。

午後、熊本のフミ君夫妻、それに福岡の街に住んでいるぼくの弟夫婦。これはどうしても要請にそむくな。濃厚接触を避けるための一メートルずつの間隔で夕食の団欒は無理。

6月3日

福岡の街に、フランス・ポスター展を見に行く。パリのメトロ、広い壁一面のポスターは、日本からきたばかりのぼくを驚かした。当時はサビニャックの全盛時代。いやぼくがもっとも飛びついたのがこのデザイナー。ともかくも楽しませてくれた。

6月4日

セルゲイさんが、また新しい写真作品を持って、仙人のような顔してやってくる。この人の写真は、拾った板っぺらや薄い鉄板、木の根っこ、それらの上に焼き付けてある。うす暗い映像。

6月5日

久留米まで。千里はやけに飛ばす。そうか飛ばせる。まばらな走行車。

石橋美術館、今は久留米市美術館。作品を描いた画家の年齢別に、各部屋が区分けされていて、これは面白い。

思えば、いろんな画家とぼくは触れあっている。藤島武二に美校生のとき教わった。和田英作には昼飯を御馳走になった。

6月6日

先日送っていた菊畑茂久馬のゲラが届く。なにげなく眼を通すと、気になるところが、幾つか出てきた。そういうゲラの往復を何度か繰り返す。その度、訂正の箇所が見つかる。

参ったな。もう止めようと思ったが、机の隅にじっと居坐ったゲラに眼がいくと、もう駄目。近ごろ細かいことに、やけにこだわる。

美術年鑑社から、この海っぱたのスケッチを二、三枚送って欲しい、と何気ない注

文。

6月7日

バルコニーにイーゼルを立てて、海の写生。裸になって、太陽を真上から浴びながら描いた二、三枚、年鑑社に送る。今日は夏だな。

6月8日

バルコニーから、拡がる碧の中に漂う姫島を、再度スケッチ。いやというほど太陽を浴びる。

夜、風呂に入って、どうした事か、腰があがらん。脚の力が抜けたような具合。あれは去年か、東京の家で独りあがいて、小一時間近くかかって脱出した。

ここは千里がいてくれる。しかし彼女の体力では無理と判った。昼の太陽が強すぎたのか。

6月9日

湯舟の底に敷く滑り止めマットを買う。こんな物で助かるのか。近ごろ、命が小さなアイデアで生かされているような気がする。

6月10日

コロナ禍、黒人騒動、なんだかんだと世界騒然。息がつまる。しかし一方で狐につままれたような思いもする。ぼくが生きているこの世情、今までと何ら変わるところがない。ただ新聞、テレビ、あらゆる報道機関が地球の異常事態を警告し、ぼくらは不安に怯える日々。

6月11日

雨。もう梅雨。天候のせいか睡くなる。抵抗できん、いい加減、横になっているところをテレビの音で眼がさめた。映画「心の旅路」。かつての美男美女。人間のもやもやが延々と続く。

美容院に行って、ほのぼのと生えている僅かの髪を整えてもらう。

6月12日

アトリエに積み重なっている、かつて〈みつばち〉を飾っていた絵。ユキ子さんも手伝って大整理。

石井柏亭、三宅克己、野口彌太郎、鳥海青児。カミさんの店も、今となっては、もう古いな。

6月13日

雨。家に閉じ込めるような雨。海も姫島も見えん。昨日、絵に交じって、大きな写真が一枚出てきた。

〈みつばち〉の壁を背にして、カミさんが写っている。きちんと着物を着て、静かに、笑みをうかべている。もっとも旺盛な年齢、そんなところかな。

写真の彼女と対峙しているうちに、この写真の人が哀れになってきた。ぼくは彼女の愛に応えなかった。いつも上の空だった。生涯にわたって、ただ眺めていた。彼女に限らない。以前に亡くした妻に対しても。ぼくは自分を可愛がって彼女たちを見殺しにした。この写真、部屋には飾れない。

6月14日

熱がある、とぼくの額に手を当てて千里が言いだした。ぼく自身、なんとも自覚ない。なのに千里は騒ぎだし、明日に迫った湯河原の工房行を止めて、救急車を呼ばなくちゃと慌てる。

近所に体温計を借りに行く。かなり時代がかって、使いものにならん。ラウベン事務所に借りに走る。せっかくなのに、これも壊れているのか。体温計はどうでも、ともかく俺は病気じゃない。

6月15日

結局、飛行機の切符は取れず、新幹線で新横浜まで。そこで山ちゃんと合流して、湯河原に着く。

何年ぶりだろう。地下鉄、青山一丁目のステンド・グラスの上に、ぼくの手描き。楽しい仕事だ。

6月16日

つい、この間も、湯河原の工房にきていたような気がする。近ごろのぼくの記憶は、おそろしく緩慢だ。

仕事に向かう動きは、あきらかに違う。どうやって、この大きなガラスの色面に向かいあえばよいのか。ぼくの体が、かつてのように反応しない。

ま、いいや。久し振りに、ここの温泉宿、暗い山が一面におしよせてくる中で、湯につかる。

6月17日

「みんな友だち」、そう題した油絵の大作、東京メトロの青山一丁目、乗り換えの通路の壁一面にステンド・グラスとして、どう変身するのか。

同じモチーフを、油絵具と違う素材でなぞる面白さは格別。これは浮気か。

6月18日

この工房は、山からのせせらぎの音が聴こえる。以前からずっとここで仕事を続けていたような時間の響き。

6月19日

千里と共に振り出しの博多駅に戻ってきた。案ずるより産むが易し。うまい言葉だ。思いやられる仕事がおわった後、いつでもこの言葉を口にする。

6月20日

黒いネクタイを締め、隣の集落、芥屋の水口さん宅へ。

湯河原に向かって家を出ようとしたとき、水口さんが亡くなったとの報せ。あんなにも旺盛に、大作に向かっていたのに。

6月21日

腑におちん。息が苦しいと入院した水口さん。コロナ事情もあって、病院で半月ほど寝かされていたとか。

他の病院へ移れば、もっと適切な処置がとれて、あるいは救《たす》かったか。憶測すべきではないかもしれんが、何か割りきれん。

6月22日

夜明け、夢の中で怖いめにあう。死神がすぐそこまで来て、待っている。寝返りを打てば、すぐにでも連れてゆく気配。

福岡の街へ。アジア美術展を見にゆく。地獄極楽図みたいな気味悪さだが、妙に引かれる。妖しさと言おう。

帰途、文房堂に立ち寄る。その路上で弟と出会い、そのまま弟の家。御馳走になるというのは楽しいな。

6月23日

テレビが壊れているらしく、映像が出てこない。見ると消したくなる。コロナウイルスの現状、安倍首相の子供じみた答弁。

6月24日

千里の差し金だろう。ユキ子さん、手伝いに来てくれる。ぼくを独りおいておくのが心配なんだろう。

そういう配慮は煩わしいと思っていたが、ほんの不注意や、判断の間違いでこの世から消えもする。命はうすっぺらだな。

6月25日

ユキ子さん、倅の修を連れてくる。修は来るなり、釣竿を持って海に。釣りはそんなに面白いか。ぼくはその面白そうなものに手を束ねて今まで過ごしてきた。囲碁とか、将棋とかも。

修はこの春、カナダの学校に入ったのだが、僅か二ヶ月、コロナ禍で、そそくさと故国へ戻る。老いも若きも、ともかく、これからどうする。

6月26日

ぼくがよほど心許ないのか、ユキ子さん、今日も来てくれる。そんなに気にすることはない。ぼくは食べものがありさえすれば、文句は言わん。

年寄りが独りで一日一日過ごすことは、それほど気になるのか。つい眼をそらした隙に倒れておしまい、という事があっても、それは寿命というものじゃないか。

6月27日

小品ばかり並べて描いていると、しんこ細工の小父さんの気分になる。ふくらまして色付けして得意そうな顔していたが、大勢、子供に囲まれていれば、ぼくもそんな口の結び方になるだろう。

6月28日

またしても妹たち昼ごろやって来て、いきなり騒々しい。なにしろ人の言うことは耳が遠くて入らず、一斉に自分のお喋りを始める。

みんなで寿司屋に行って、久し振りに酒を呑んで、家のソファで眠っておしまい。

6月29日

白井工房から、かなりの量の版画が届いていた。サインを入れて返して欲しいとの依頼を、すっかり忘れていたんだ。まずい。

今、ひとり眺めてみると、良くない作品もずいぶんある。

このところ死後のことを、やけに気にする。最近、ばたばたと友だちが消えるせいか。

6月30日

みぞえ画廊の阿部さんが約束の三時に来訪。ぼくのカミさんが、生前、店に飾っていた絵を診てもらう。湿気が紙面を冒していないか、絵具が変色していないか。六十年も七十年も前に描いたぼくの絵、鮮度を今に保つのは難しかろう。ぼく自身、古くなったんだ。

7月1日

佐賀の〈画廊憩ひ《やすらい》〉が、預かっていたぼくの水墨画の作品を運んでくる。店をたたむのだと言う。絵を売るなんて難しかろう。たいていの人は要らん。女主《アルジ》、がっくりと肩を落としていた。瘠《や》せた、と言うより、やつれている。修復の作品、早く出来あがってこい。少しは笑い顔にさせたい。

海っぱたのビーチ・ハウスに、太陽の沈む頃出かけて、志方ドクターと、思いがけない出会い。例によって銀色のシャンパン・クーラーに、シャンパンをぶち込み、いくつもの肴を並べて、この夏の饗宴の始まり。

7月2日

曇った空が、いくらか明るくなり晴れわたった。久留米市美術館に〈白馬のゆくえ〉展を観にゆく。「小林萬吾と日本洋画50年」とうたってある。小林萬吾は、ぼくが福岡から出てきて通った塾の先生。

木炭の濃度で、対象の立体感を浮き出す描法を、まったく無視した、まるで、海老蔵の隈取りみたいなぼくのデッサン。どういうことか、賞《ほ》めてくれた。塾の、手馴れた常連のデッサンには眼もくれず、賞めてくれたのだ。

会場には塾生一同、先生の家にずらり並んだ記念写真が、大きく引き伸ばして飾られていた。ぼくは小林先生の右横にぴたりと坐っている。左横に写っているのは、駒井哲郎。

7月3日

朝からの小雨。夕方から福岡の街に出て、

江頭ドクター夫人の油絵展を見る。彼女は愛らしい子供たちを描く。気儘に線を引き、そそくさと色をつける。それが逆に子供たちの瞬間、生々《いきいき》と映る。

7月4日

例年の海開き。海に向かって神棚を造り、お祓いをし、祝詞《のりと》をあげる。遥かの海から風が伝ってくる。神々が宿っていた。
コロナ禍により、浜辺には誰も居ない。砂地はきれいに掃除されていた。

7月5日

熊本のフミ君とジュリー、やってくる。なにが何でも憩いの棲家を造りたい。週末はここに寝転んで夕焼けの姫島を眺めたい。二人の夢なんだな。いくつか候補地を見てまわった。うまく見つかるといいが。

7月6日

ぎっしりと頁のつまった本が、こんなに矢継早に書けるものなのか。ぼくより少し年下、中村稔さんの記憶力、体力、観察の精密さ。どうして爺々にならないのだろう。ぼくはいつも驚嘆の礼状を書く。いつも同じ文面になるのが口惜しい。

7月7日

昨日からの、たえまない雨あし。さかんに河川の氾濫が報じられている。千里は昨夜、大きなムカデに腕を刺され、かなり痛いらしく顔をしかめながら、夜更けの救急病院へ走る。

7月8日

テレビは、どしゃ降りの雨を報じていたが、幸いその通路をはずれたらしい。しかし近県の水災害、痛々しく報じられる。

7月9日

昨日に続き、ユキ子さん来てくれる。そんなに人を煩わしてはいかん、と千里に電話で小言を言うと、百歳の老人は眼が離せないのよ、と言った。ぼくはずいぶん人に見守られて生きているんだ。

7月10日

低く垂れこめた空。いつもは間近に迫ってくる姫島が、終日、雲隠れしている。これが梅雨なのか。昼間からこの暗さでは仕事にもならん。冷え冷えと湿っている。

7月11日

昨夜から、わが家は停電の不意打ち、というか災難。いつも坐り込んでいるサロン一室だけ、灯っているのが幸運だったが、他の一切が駄目ということに気付かない不運。

テレビ、トイレの水洗まで不能、つまり電気がなければ生活の一切が成りたたない。

7月12日

戸外を出歩けないのだから、終日、家の中というのは当たり前だが、いつものあの宏大な空までが、幕で閉ざされて戸外を囲んでいる。息がつまる。いつ頃からか少しでも息苦しくなると、死が隣にいて、ぼくの様子を覗く。

7月13日

アトリエは終日、暗い。これはアトリエじゃないな。馴染みのない空間に、ぽつんと坐り込んでいる。

久し振り、昼食を食べに出て行く。小さい売り場の片隅で開いている卵の食事。玉子丼か親子丼。心許なく食べおわるが、二、三日もすると食べたくなる。

帰途、水口さんの家に立ち寄る。現役を退いてから、この地に移り住み、絵三昧の日々。あっけなく亡くなってから、まだ一ヶ月と経たない。奥さん、その雑用にまだ追われています、と広い家から出てきて、雨空を見上げていた。

7月14日

牧野さん、やってくる。新天町の画廊が店じまいしてからは、ほとんど会わない。久し振り、懐かしい。

あの画廊、ぼくと仲良しのお婆ちゃん、去年亡くなったと。

ああ、みんな消えてゆくんだ。

7月15日

テーブルに当たって、痛い、と思った気がするが、忘れていた。左の太股に小さくうっ血しているのを見て、思い出したくらい。

風呂に入るたび、寝巻きと着替えるたび、太股のうっ血が目に入る。ぼんやりと唇の形に見えていたのが、日に日にマリリン・モンローそっくりになってきた。

7月16日

今日も雨。体が、かったるいのも、仕事が進まんのも、この暗い空のせいだ。午後、福岡県立美術館の岡部さん来訪。初対面だと思っていたら、以前にも会ったと。彼女からは、ぼくの作品について優しい手紙をいただいている。照れくさくなって、ぼくはやたら喋りはじめ、止まらなくなった。

若い頃、こういう自分のことばかり語る爺々がいたな。

7月17日

きっちりマスクをした若い女性記者やってくる。一メートル以上、椅子を遠ざけ、さてインタビュ。ぼくも慌ててマスク。相手から一メートル距離を取った所からさらに一メートル。

哀れにもぼくの年齢、発音不明瞭。

7月18日

住所変更しているので、郵便物はすべてこの岬に届く。それにしても、手違いじゃないかと思うほど、手紙が減った。

コロナウイルスで手紙のやりとりにさえ慎重になったか。

7月19日

久保クンから、夏見舞、コロナ用心。続いて、私たちは地球の最後の良き時代に百年生きたのではないでしょうか、と結んである。

ぼくには、中学の同級生が生きていたことが嬉しかった。ぼくたちは百歳を迎える。ぼんやり過ごしているうちに、こうも年齢が重なった。

久保クンは淡々と暑中見舞。立派なもんだなあ。いつの間にぼくは自分を化石のように思い込んだのだろ。

7月20日

千里が大学時代から仲好しのモンコちゃん。夫妻で来訪。昼食を共にして雑談したり、海っぱたをドライブしたり。若い人の活気を、ぼくはすっかり忘れていた。

7月21日

小雨のあいだから青空が時たま現れる。すると真夏の陽。それっきりソファに倒れこむように昼寝。コロナ禍、ひどくなったと、テレビは訴えている。

7月22日

ユキ子さん、やってくる。どんなに助かっても、独りの空気は壊れる。ぼくはアトリエの中で独り。おかしなことに、昨日までどうやって絵を描いていたか、忘れてしまって、もどかしい。

7月23日

驚いたな。日本美術家連盟から、白寿の祝いとして金一封が届く。ある年齢を〈白寿〉と呼ぶのは、年齢に人格を与えてる訳だ。年々、人格があがり、ついに御祝いが来る。

7月24日

ユキ子さん、娘の〈めい〉を連れてくる。食卓に傍聴人が増えた。ぼくは喋り出したきり、止まらん。

7月25日

夏の日が射す。コロナで、うんざりしているところ、せめて天気ぐらい晴々となってくれ。

7月26日

コロナ禍で延期になっていた福岡県美での所蔵作品展と、街角の、みぞえ画廊でのぼくの作品展、来月に続いて開催。慌てて招待状を出さねば。

なんと、かつての人々の名前まで思い出さぬのもある。亡くなった人も多々。懐かしい名前、そっと電話のダイヤルを回す。きちんとした女の声で、母は一昨年の暮れに亡くなりました、と。

次のダイヤル。やあ、と屈託ない声。生きてるのか、と問うのもおかしいが、十年以上まえのひびき。しかし連れ合いをなくした、と。

本当に、この世って何だろうね。自分を演じる一幕物の舞台。

7月27日

またしても夏らしい太陽を少し覗かせて、それっきり。なにか本を読みたい。ゆっくりと水平線を眺めたい。

7月28日

さくら病院での診察。東京を離れて初めての検査。いろんなデータを見ながら江頭ドクター、どうですか近々、なにか美味《うま》いものでも食いに、と誘ってくれる。知人が診察というのは、どうも尊厳性に欠ける。大丈夫か、コロナの感染。

7月29日

巷と美術館と二つの展覧会。福岡では誰に案内状を送ればいいのか。知っている絵描きは十人くらいか。親族や知人、ざっと見渡して絵を好きな人たち、ひと握り。生まれてから一度も絵を描いたことのない人間はいないだろう。だけど、美術館に行こうと誘うと煙たがる。

7月30日

英治が昼すぎ、美味しい鯖寿司を持ってきてくれた。

夕方、浜辺に出ると、昨日に続き、トマソンが泳ぎに来ている。オーストラリア人、雨続きで、海の水は濁っていると、ぼやく。

あんなにも毎日、海に入っていたぼくに、海は遠くなってしまった。今にこの地上、ただの風景として消えてゆくのか。

7月31日

浜辺にある海の家。ぼくにとっては、パリの街角のキャフェみたいだ。夕方、ここでいろんな人と出会う。亭主を亡くしても、そのまま暮らしている人もいる。カミさんが逝って、ぼくは、もう二十年近くなる。記憶が、だんだん遠くなっていく。あまり遠くまで見渡してゆくと怖くなる。年寄りがボケるのは、そのせいだろう。

8月1日

昨日から、空がすっと遠くへ抜けた。

夕方、浜辺のキャフェで昨日の彼女とまた、出会った。千里と三人で、沈みかけた今日の太陽を見つめていると、志方ドクターが例のシャンパンと、うまい肴を携えてやって来た。

とっくに今日の太陽は海の向こう。

8月2日

妹から、二階への階段は手摺りを付けた方がいい、トイレも、と注告してきた。

九十三歳が九十九歳にかけてくる電話は、おおかた、そんなもんだ。

奥山民枝から、電話が入る。今週末、県立美術館での展覧会、その初日に画家本人が会場に来ると書いてあるけれど、正気か。ウイルスは危険なのよ、そのくせ、近ごろのノミヤマさんの書いているのを読むと、死ぬかもしれんと脅えてばかりね。

8月3日

千里は、留守中のお手伝いを懸念している。その必要はない。むしろ煩わしいと、ぼくは言い張るのだが。

誰もいないときに、ぼくの体に異変が起これば、という不安や、その責任。放っといてくれ。この年になれば、いつ、何が起きても、おかしくはない。

8月4日

どうしてますか、とチコちゃんから電話。コロナ禍を、どう避けているか、という問いもあるだろう。遊びに行ってもいいですか、と続く。ぼくはまごついた。社会から遠ざかると、逆に自分の中で、やらねばならぬ事が、沸きあがってくる。どう返事したらいいのだろ。終日、睡《ねむ》ってます。終日、追われているのです。

8月5日

もう、どうにもならん。小さい画面が、こうも纏まらんというのは。もう止めだ。明日からは描きかけの、大きい方に取りかかろう。昨日飲んだシャンパンはうまかったな。ぼくがキャフェと呼んでいる海のあのテラス。

8月6日

違うサイズの画面になって、少し気持ちが断ち切れる。数日間のもやもやが、いくらかは晴れた。

8月7日

この二、三日。朝、カーテンを開くと、目の前に浮かぶ姫島が消えている。ただ、もやった水平線だけだ。

空と海との境に当然あるべき緑の塊が、隠されていると、不自然。〈男女あるべき所〉が消されたみたいに。

8月8日

福岡の美術館に、コレクション展、ぼくの、水彩・素描展を見に行く。結婚したばかりの妻、陽子の素描。二、三年して訪れた巴里での風景、人物。帰国してからの女の姿態。ほとんど今から五十年前。

自分の絵なのに、ぼくは前世紀の人の思いがした。こうした執着は、人間が生きる悦しみとして絵画が身近にあった時代の話ではないか。なぜか、そんな思いに。

8月9日

暗く閉ざした窓の隙間から光りが射す。朝なんだ。起きあがってパンと牛乳、今日が始まる。今まではそうだった。近頃は朝というスタートラインはない。朝の食事のあと、またしても睡る。

いつでも寝起き、だ。長寿がめでたい、というのはどういうことか。

8月10日

終日睡ってばかりというのも嘘。目覚めている間は絵ばかり描いているというのも嘘。

自分でも説明できない時間の流れだ。夕方、小品に自分の名前を書き込んで、暮れなずむ海を見にゆく。ひと仕事おえた爽やかさがない。砂地がむっちりとふくらんでいる。

8月11日

フミ君とワイフのジュリー、やってくる。藝大で後輩の河原クンもやってきて、彼らが購入した土地を再度、見に行く。一週間のうち四日間、熊本で仕事。後の三日をここで海を見て暮らすと、まるでぼくの一年間の縮図みたいな。

夜は近くの今井さんも誘って、久し振り賑やかに食事。別荘地帯というのは、日常を脱いで、時間の外にいる。

8月12日

サインを書き入れて、終わったつもりの小品、どうも歯切れがわるい。目をつむろう。いや、駄目。またしても、ぼくは煮え切らん。

8月13日

〈アトリエ日記〉の、この秋に出る続篇の表紙を描く。ぼくはこういうの好きなんだ。

暑い。本気で太陽が照りつけると、こんなにも強烈なものだったか。

8月14日

姫島が今日はくっきりと目の前に君臨する。海までの距離といい、島の背後の空との間合といい、それは盆景のように囲まれていて、動かない。

なんと窮屈なものか、こんなにも小さく見えるものなのか。何かをぼくは見落としている。今までことごとく、大事なものを見落としてきたように思う。

8月15日

今はお盆。縁あった過去の人と、再会できると思い込まされた幼い日。そう信じて楽しもう。

今は家の中にいた御先祖も消えている。

8月16日

髙島屋から依頼の、扇子に絵付け。両サイドに男と女の顔。扇子を拡げると、少しずつ二人は離れてゆく。

面白がる割には、いい顔にならん。男だけがいいとか、女の可愛らしさが今いちとか。

8月17日

朝食おわったとたん、睡《ねむ》くなる。

千里はまたしても、ぼくの在庫作品のことで上京。

8月18日

窓の外いっぱいの緑が、こんなにも輝いているのに、歩く人の姿を見ない。もう人類はいないのか。誰も知らないバイキンがこの世の生き物を一掃したのか。

冷暖房の装置、もう寿命だというので、大工事。落着かん。千里、うまいこと東京へ逃げたな。せっかく創作意欲、あふれているのに、仕事にならん。

8月19日

昨日に続いて家の中、てんやわんや。

この家、五十年経つ。それに付随したいろんな設備、もう御役御免の年齢。あと何年ぼくは生きられるか。どんなに欲張っても、五年だろう。その期間だけ有効な、安あがり機具はないか。

8月20日

今日で三日目、工事現場の家の中、暑い照り返し、たまらんな。コロナの上に熱中症まで加わって脅かす。

8月21日

工事の人たちが走りまわるなかに、千里が東京から戻ってくる。助かるよ。

このところ、朝食おわって、すぐにも居眠りという無様さだったが、近ごろは朝食のさいちゅう、箸をにぎったままの居眠り。この先、どうなるのだろ。

8月22日

福岡の、みぞえ画廊で、ぼくの展覧会初日。さるコレクターからそっくり買い取った小品五、六十点。ぼくにとっても懐かしい。

この画面の若さも一途さも、遠く忘れてしまっているが、これはまぎれもない、ぼくだ。

8月23日

前夜は遅くなった。もの憂い。黄さんというカメラマン、やってきて、アトリエを撮影。

ぼくは、被写体としてぼんやり過ごす。

8月24日

夕暮れの浜辺を歩くところを写したいと、昨日の黄さん、再度、来訪。

終わってから浜辺の家で、時折出会う連中と、ローソクを付けて食事会。夜の海の風をうけて風雅な宴のつもりが、うす暗い中で御馳走を捜すのは、なんとも悲しい。

8月25日

おれの体、大丈夫だろうか。コロナが忍びよっている、という事はないのか。久し振りの検診、江頭先生、いつもと同じような診《み》たてで無事終わる。

千里の友人のハチ公やってくる。皆で海っぱたに出たところで、マクラーレンに出あう。例によって志方先生、やるなあ。今日はこの車か。

いったい俺は元気なのか、この数日、あわただしく出入りの人々と一緒に揺れているだけ。

8月26日

ぼくが朝食を摂るところを、早くも黄さんやってきて、パチパチ。なんの変哲もない情景だろうが、あれはダンカンだったか、ピカソが朝食を摂る場面を覚えている。ピカソという役者。ああいう人間がいるんだな。疲れたね、夜はうまいもの食おうよ。近くのステーキ屋に入って、千里とハチ公と三人で、遠く夜景の向こうに消える海を眺める。

8月27日

この頃の暑さはひつっこい。虫に刺されたらしく、背中から首すじのあたり赤くふくらんで痒い。千里、半日おくれに脚の方が赤く腫れてくる。暑さや虫と戦うだけの日々。嫌だな。

8月28日

地方紙の記者、やってくる。百歳近づくと見世物か。ただ、戦争を知らない人が多くなったので、これは伝えよう。

夜は福岡の街で、江頭ドクター夫妻とイタリー料理。久し振り嬉しいよ。

8月29日

もう見に来る人も少ないだろう。県立美術館に、そっと自分の展覧会。みぞえ画廊へ回る。ほぼ同じ時代、戦争おわって傷痍軍人療養所から戻って、どう生きてゆけばよいのか。途方もなく空しい世情。描いた絵からその哀しさが漂う。

8月30日

いろんな物が贈られてくる。恐縮しながら、ぼくは包みを開いて、ただ戴く。せめてもの感謝の葉書一枚。それもかなりの枚数。それだけで日が暮れた。夜も更けた。

8月31日

数日まえから手掛けていた扇の絵。もう髙島屋に送らねばならん。八月いっぱいの締切り。

単純な図柄だからすぐにも出来るが、それだけに、これはという一枚が出てこない。遊びじゃないが、遊んだ絵でないと面白くない。ま、いいや。

夕暮れの雲におおわれた浜辺に出る。誰もいない。夏が終わったのだろう。

9月1日

千里、東京へ行く。ぼくの作品の整理、もうほとんど済んだとは思うが、家庭や美術館に飾られて、絵は生きる。場所を失えば、ただの塵だ。
しかし塵が平然と壁におさまっていることだってある。そっちの方が多いか。

9月2日

八月は人との出入りで過ごしたように思う。横になって、ああ仕事にならん。これじゃ塵だな。

9月3日

木の葉が騒然と、バルコニイを廃屋に変貌。昨夜の不安を思い出させた。シャワーを浴びている最中の停電。階段を登ろうとして、再び真っ暗。今のぼくの体では、その場に捨てられたようなもの。
夜があけて昼近く、ユキ子、姪の親子が訪ねてきてくれて、孤島から拾いあげられたような安堵感。

2020年9月

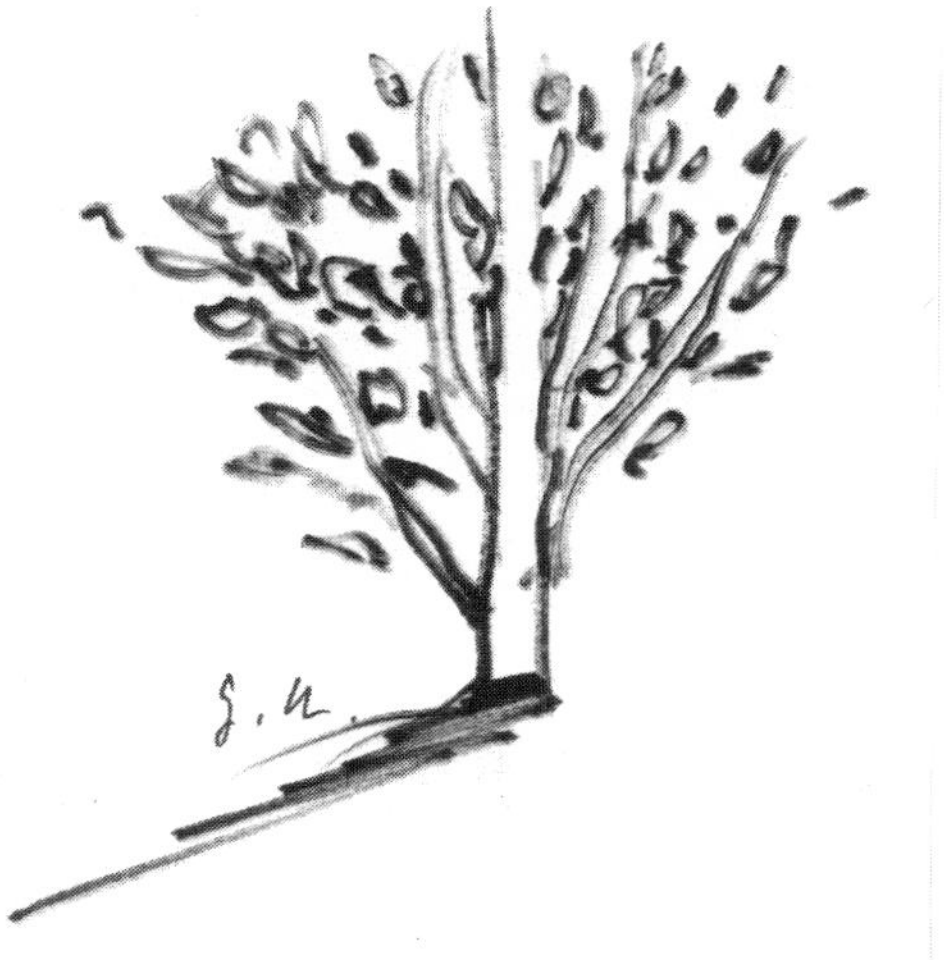

9月4日

千里より電話あって、おおかた仕事は済んだ由。来年はじめの個展についての云々。

ゆっくり絵を描く境地、というのは無いのか。

9月5日

月曜日にスーパー台風が九州に上陸という。なにか人間の目では捉えられんくらい巨きな魔ものが、ずんずんと近寄ってくる気配。

今日は飛行機、とんでるんだろな。

夕方、元気な顔で、千里、東京から戻ってくる。嵐の前の、いつもの日が妙に気味わるい。この季節、東京との往復は、嵐との兼ね合いだ。

9月6日

朝から小雨。静かに呼吸をととのえるように、ゆっくりと時を刻む。たまに浜辺で顔を合わせるトムソンが、様子を見に来てくれる。老人と女で避難できるのか、心配だと。

トムソンはオーストラリア人、大男だ。いざという時は、ぼくを背負う積りらしい。

暗くなってから、台風の予報に釘づけになっているぼくの二の腕が、なにやら、むずむずする。大きな百足。嵐を避けて来たのかな。

9月7日

嵐にはならなかったが、かなりの爪痕。勝手にやってくる自然の暴力には、どこに文句の付けようもない。

当世、責任の所在がうるさいが、これはただ泣き寝入りだ。

9月8日

昼すぎにRKBが撮影に来る。戦争体験と、戦没画学生の遺族を訪ねて、無言館を作るまでの話。

しかし、ぼくの話は、どこを取り出しても、立派じゃない。辿り着いたソ満国境で、ほんの数日、兵隊の真似をさせられて、あとは戦争おわるまで陸軍病院、次いで傷痍軍人療養所。ただ世上、人々は飢えて他者を人間と思わなくなり、非日常に追い回されて、心が虚ろになる。

9月9日

ぼくの生まれた飯塚市に体育館が出来る。その壁面に、陶板の装飾を頼まれている。クレアーレの担当者と、千里とで打ち合わせ。

日が暮れて戻ってきた一行と、いつもの寿司屋で乾杯。こういう時は一人前、ぼくは、はしゃぐ。

9月10日

朝十時前にクレアーレの中野さん。海に入ると張りきり、そそのかされ海に脚を踏みいれる。ひやりとする。海はこんなに冷たかったか。心臓麻痺をおこすんじゃないだろうな。しばらくすると、いつもの海になった。

昼すぎ、みぞえ画廊、やってくる。ぼくの作品展、終わりましたとの報告。そこへ井口さん、もう西日本新聞は停年。今は県の文化協会からと、テレビ撮影に来る。質問は、戦争のこと、無言館、コロナの現状。もう幾度、同じ質問を受けたか、その度にぼくの話は微妙に食いちがう。いや、かなり違っている。体験談なんて信じちゃいかん。

9月11日

田川美術館の人、やってくる。ぼくの生まれ育った炭坑町の近くだ。近くの直方《のおがた》市にある谷尾美術館で、ぼくの美校同級生の遺作展をやるので、友情出品をお願いしたいとのこと。生き残りの出番だな。

9月12日

しめやかに雨。気がつけば、しっとりと秋。以前は幾度も訪ねた原田さんの家を訪ねる。すっぽん料理を食わすというお招き。以前、亡くなったカミさんが時折、食べに行っていた京都の大市《だいいち》。その料理法で作ります、とこれは手ぐすね引いての御招待。

懐かしい道を辿って、まだ明るいうちに着いた。世の中には食い道楽というのがあるが、原田さんの精根かたむけた一途さは、芸術だな。

9月13日

追われる、もう九月中旬。不意に違う季節が襲ってくる。昨日より忙しい海のざわめき。仕事は捗らないままだ。

またしても手紙が、どっさり溜まる。いっぺんにその所用や依頼を片付けようとして、火ダルマになる。世の中の人、ぼくみたいに追われているのかな。

9月14日

例年の美術の授業、その依頼と挨拶に来られる。ぼくは母校の中学二年生の美術の先生として僅か二時間の授業を、ここ数年、続けている。はたして意義があるのか。

古くなった家のガタピシ、後輩がこまごまと修理にきてくれているが、ぼくの年齢と動きから、風呂場に手摺りを付けてくれる。湯舟からこれにすがって立ち上がり、脱出するという、年寄の家にとりつけてあるあれだ。少しずつ家が介護施設の様相。

9月15日

波間に浮かんでいる船が、今日は島に向かってまっしぐら。夏が過ぎたのだ、少しはゆっくりさせておくれ。

9月16日

夜になっては困るので、少し慌てて浜の方へ。もう閉館か。空はそっけなく雲を散らしていた。

気付かなかったが、海っぱたまで歩いて来たのは、出来すぎだ。

9月17日

朝から雨。涼しくなった。ユキ子さん、食事の用意に、昨日も今日も来てくれる。本当に俺は不器用だな。自分で料理しなくちゃ。

この涼しさ。しかし昼なお暗きアトリエ、思うように仕事は進まん。

9月18日

曇った空の下、海が島を抱き込んで、しっとりと存在を示している。

毎朝、この島と今日の握手を交わすのが習い。それは昨日と違う今日だからだろう。同じ海じゃつまらない。空の拡がりだって、その日その日、違うのだ。

雲。うまく彩ってくれている。島をぽつんと落としているのがいい。

9月19日

なにを大事に思い込んだものか、五〇号のキャンバスに取り組んで、堂々めぐり。今日で一ヶ月は過ぎた。

9月20日

ステンド・グラスの感想、髙島屋展のカタログ、美術雑誌へのアンケート。なんでこんな時、いっぺんに入り込んでくる。そう、横から覗くと、次々に片付くようなことだ。それが朝から、のしかかって、おろおろと机の上に場所を整える。

9月21日

佐賀の画廊憩ひの女主人が、先日の展覧会で傷めた水彩画、二点を修復して、持参。

ギャラリーをやめた。コロナのせいだ、致し方ない。しかしこれからどう食いつなぐか。

いくつもの画廊と、ぼくは別れてきた。しかし今日のように、いきなりコロナ、先行き真っ暗という時代はない。

9月22日

久留米市美術館で鴨居玲の遺作展を見る。気まぐれというか暇つぶしでパリへやってきた、としか思えないこの男が、信じられん。よくぞ没入したものだ。燃えたものだ。そうして執念の果て、息たえた。人間って、変身するのか、生まれ変わることがあるのか。カッコいい、と多くの人に賞賛されるような絵描きになりたいと一途に憧れていた。

9月23日

午後になって、朝日の上林さん来訪。インタビュの約束。ぼくは記憶にない。人との出会いでは、覚えていることの方が稀で、相手には大変に失礼。だから話も上の空《ウワ》。半分は眠っていた。

夜、はからずもテレビをつけると「刑事コロンボ」。なんとなく終わりまで、見る。忙しく、時間的に追い込まれてゆくと、たいていこのザマだ。

9月24日

千里の運転で、ここから四、五十粁《キロ》離れた飯塚まで。母校の中学の美術特別授業。もう五年来のよしみ。

駄目だな、舌も喉も、うまく回らん。なにを喋ろうとしているのか、思考が停止しているような按配。

生徒たちには、おかしな卒業生の爺さんが来たよ、と頭の片隅に残ってくれればそれでいい。

帰途、八木山の旧道を辿って、今中先生の家を訪ねる。これも例年通りのこと。

小学六年生のときの担任、今中先生。わずか一年間の担任なのに、お互い絵が好きで、未だに忘れられぬ懐かしさだ。雨が、かなり烈しく降っている。長男夫妻と、いつも思い出を語る。いつも同じ話で、いつも嬉しい。

9月25日

早起きして〈さくら病院〉。いつもの簡単な診察でおわったのは、サイコーだ。

近々、うまいものを食いに行こうと、江頭先生と約束して帰る。

昼すぎ、NHKの首藤ちゃん、撮影の二人を連れてやってくる。絵を描いているところをカメラが追う。ぼくは、自分でカッコよく振るまうから嫌なんだ。

しかし、もうなりふり構わん。

9月26日

昨日のキャンバスの前で、今日もその続きと言われたけれど、もう続かん。浜辺に出る。いつも夕暮近く歩く砂浜を、岩場のあたりまで歩く。首藤ちゃん、ずいぶんぼくを酷使するなあ。

9月27日

なんとなく、ここに住んでいる仲間たち。夜、ぼくの家に集まって、持ち寄りの会食。どんな場所にも、コロナの影がちらつく。いやそんな気がする。

戦前からこの世が変わった、その一番大きな事って、何でしょう。皆さんほとんど七十代。そうか、ぼく以外、誰も戦前を知らないんだ。

電話の普及じゃないか。自分の家に備えても、よそに無ければ、何の機能も果たせない。おかしな物だった。しかし今や子供までも身につけるようになって、この世は一変した。

人と人との関係は、逆にその濃密さを失ったように思う。

9月28日

来年はじめに延期された髙島屋での個展。今までほとんど未発表、埋もれていた数十点。

さて、そのカタログへ載っける文章。最近ようやく絵が売れるようになったが、それまでいろんな雑用で食い繋いできた。実態から言うと、道楽に近い。

9月29日

道楽の方が、もっと血まなこ。

ずっと籠っているアトリエでの日々の方が、むしろ多くの人と出会い、多くを語り合っているように思う。濃密だった。

9月30日

西日本新聞を停年で去った井口さんやって来て、ぼくへのインタビュ。

ぼくをそのまま動画に収めている。

10月1日

道楽と言うほど一途ではない。落描きと言うほど放心の気儘《きまま》さもない。いったい画面に向かって、何を俺は作ろうとしているのか。

10月2日

正月はじめの髙島屋展、今後どうあがいても、これほど作品を並べることはないだろう。

気取ることはない、幼いころの落描きをそのまま今に続けている。いや、かつての落描きの楽しさを忘れまいとあがいているのが、見え見え。

10月3日

ここ四、五日、同じ画面の同じ箇所をこわごわ描いたり消したりしている。今のマチエールが壊れるのを怖がっている。いい加減、居直ったらどうだ。

日暮れ近く千里、東京から戻ってくる。久し振りに会ったクロベエの話。面白いね。近ごろの人は、老いも若きも飼い犬や猫の話題。セックスレスどころか、これは人類レスの危機。

10月4日

為政者の悪口ばかり言って、暮らしていていいものか。今のこの国の政治家は駄目なのか。

その裏で、ぼくらが知らない悪巧みが、無反省に押しすすめられているのじゃないか。

10月5日

大きな蜘蛛が、逃げようとしたまま、動けないでいる。ぼくの足もとで、もうこれ以上、生きられないのだろう。数日まえから、夜になると、すぐ傍に現れる。

10月6日

今日はトイレの壁に、蜘蛛、這っている。夜は急に冷えるようになった。昼間、あきれるほど絵は進まないが、そっと蜘蛛の奴、うす暗い隅から見つめているようでならん。

10月7日

三、四日まえ、村田喜代子さんの『偏愛ムラタ美術館 展開篇』が贈られてきた。

表紙はぼくの徒《いたず》らに描いた目玉だけの顔。

あはは、と本人が笑い出すほど、ふざけた絵で、ぼくは気に入っている。机の片隅に置いて、なにかといえば眺めている。これは老いぼれの仕草だな。

10月8日

姫島が浮きあがって見える。これほどにも近づき克明に見えながら、大きさが感じられないのはどうしてか。

江頭夫妻と夜はイタリー料理。先生、うまいところをよく知ってるな。ぼくのカミさん、この道、うるさかったが、人は、食べるのに、こうもうるさいものなのか。

10月9日

おかしな虫が巣食っているらしい。右腕の付け根のあたり、赤くぽつぽつ膨らんで、その痒いこと痒いこと、たまらん。

絵の方、少しは泥どろから抜けだしたか。

10月10日

来月出るアトリエ日記の本。その〈あとがき〉。今日までの締め切り。

近ごろ文章書くのが、おそろしく億劫になってきた。記憶を呼びおこすのも、文字を辿るのも、いずれにしてもだんだん、気が重くなってきた。ともかくも夜、ベッドに入るまでに書き終える。僅か四枚。

福岡の美術館、西本さんと岡部さん、昼すぎやってくる。先日終わった僕の所蔵作品展、その一点一点についてのいろんな思い出や、感慨や蘊蓄。なにしろ中学一年で油絵を描きはじめ、戦争で中断したものの、絵描きでどうにかやってゆけるまでの、大まかな輪郭。語りおえたら日が暮れた。

10月11日

急に遠ざかった姫島。夏から秋に変わってしまった。冷たく小雨も降っている。お昼の最中、フミ君と、パートナーのジュリィが、熊本から到着。屈託がなくていい。浜辺に出ると、ドリアーノの家族のチビッ子ども、砂地を大きく掘って、中に飛び込んだり賑やかにやっていた。

10月12日

千里、東京へ行く。しばらくぼくはここで、独り絵が描けると思っているのに、千里は九十九歳の独り寝起きを信頼しない。あまり心配されると、気弱になる。

10月13日

夕方、近くまで散歩の途中、不意に、体のゼンマイが切れたように、脚が前へ出なくなった。一歩を踏み出そうとしても進まん。おい体、冗談じゃない。我が家のすぐ傍まで辿りついても、見つめたきりというのは悲しい。

10月14日

先日、西日本新聞の記者だった井口さん再訪。前回の動画をパソコンで見せてくれる。これでＯＫかという確認。なにか分からんことばかりの世の中になった。

10月15日

髙島屋での百歳記念展。嫌な名目。年齢なんか、ぼくの功績でも努力でもないが、その趣旨に沿った挨拶文を書くようにと。今日までの締め切り。

10月16日

ずっと描いていた六〇号二点、いい加減なところで、離れろ。近ごろ、おかしな執着、というか、果てしなく画面を追いまわす堂々めぐりに気がついた。

10月17日
髙島屋での個展。二つの会場に分かれていて、それぞれの趣旨が違うので、二つの図録。かなり厄介。

10月18日
糸島へ戻ってきた千里。亡くなった姉の十三回忌で出かける。ぼんやりしていると、近くの今井さんが海老を一箱届けてくれる。中で生きている様子。怖い。

10月19日
碧南市の美術館の人たち四人、車をとばしてやってくる。涙ぐましいよ、いくら交通費の節約と言っても。
夜、みんなで寿司屋に行って、海老はそこで爽やかに天麩羅。

10月20日
近くに住む原田邸を訪ねる。秋、太陽は、ぐんぐん左の方へ移動して、この邸のガラス戸にぎらぎら映る。お前、いつの間にここへ来てたのか。

原田夫人の姉夫妻、みんなで賑やかな会食。このお姉さんは文化学院の西村伊作氏の孫の由。見れば鼻のあたり、眉のあたり、一度お会いした西村先生を想わせる。あの戦争時代、自由を唱え、男女平等を唱え、ずいぶんハイカラで気骨ある紳士だった。ぼくにとっては珍しい人が話題になった。

10月21日

福岡市の美術館で、藤田嗣治展。画家の描いた裸婦や静物の周辺を彩る壁紙や、テーブル・クロス。それが陳列されていた。面白い展覧。この巨匠、裁縫や料理もうまかった。

違うフロアで菊畑茂久馬展。芸術家と一つの紐でくくってよいのか。

弟の英治に誘われて「はなむら」に行く。いや懐かしい。ぼくがパリから戻って最初に入った小さなレストラン。あれから五十年以上、あのままの主《アルジ》が居るんだ。

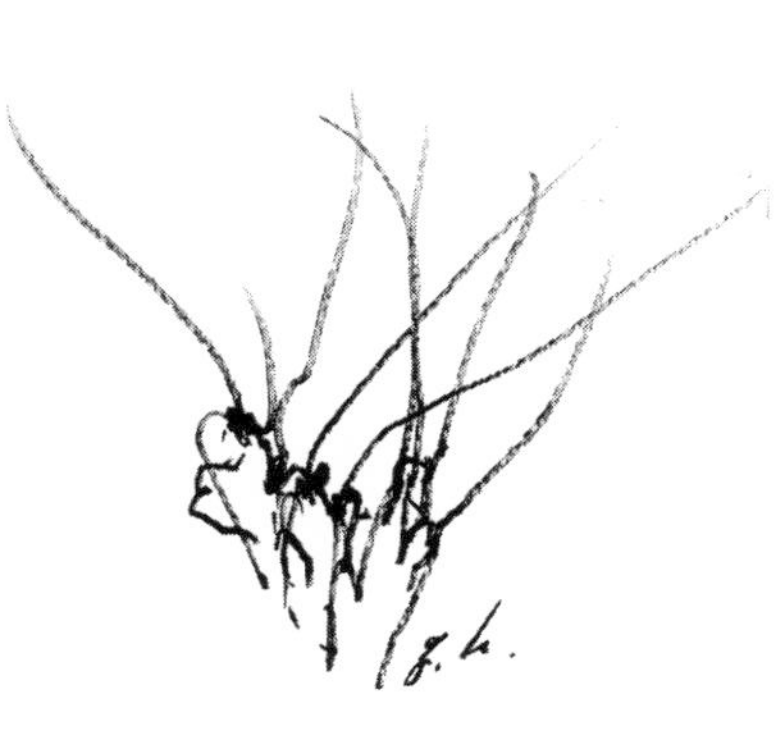

10月22日

西嶋さん来訪。またしてもカメラの正面にぼくを坐らせて、インタビュ。RKBを辞めて今はフリー。なんだって昂じてくると、人の指示は要らん。自分の仕事がしたくなる。

10月23日

さくら病院は午前中の診断。ぼくはもう病院とは縁が切れん。この廊下が、自分の部屋の一部のように見えてくる。

昼過ぎ、読売の記者、来訪。百歳になろうとする老画家へのインタビュ。聞かれることも決まっている。答えるぼくは不覚にも居眠りしたり。インタビュがママゴトのように思える。人生、ママゴトか。

10月24日

原田さん一家と、近所つきあいの気楽さで、近くの料亭へ。

湾がぐっと入りこんだ青い海を座敷から眺めながら、贅沢な時間だ。

10月25日

髙島屋で出す図録に載っけるためのインタビュ。受けた電話でなんとか済ました。昼からカメラが入り込んで、アトリエでのインタビュ。ここ数日のインタビュと同じ。百歳爺々への、もろもろの想い、といった類。多少でも話題になるというのは、過ぎた日の戦争体験もある。コロナの閉塞された世情もあるだろう。入院したという文房堂の的野さん、病気のせいで面会できないと連絡。それはきついな、残り少ない旧友。

10月26日

よほど深く眠っていたのだろう。目覚めると九時。朝食おわっても未だ眠い。ごろりと横になる。この疲れ、いったい何だろな。車に酔うように、酔ったらしい。人の二日酔い、三日酔い。

10月27日

来月出版予定のアトリエ日記の〈あとがき〉。来春早々、二つの個展に二つの図録。二人の友人に、それぞれ冒頭の言葉。

身辺、ざわついてきた。以前なら何でもないことだが、今は昼間も眠っている高齢者、ざわざわの気配だけで、一日がせき立てられる。

10月28日

目の前の姫島を、正面に見つめるだけの日々。コロナや学術会議の任命問題、ただ映像だけの世界みたいに遠くなっている。

そのくせ、新しく取り換えられた冷暖房機の操作、いくら教わっても覚えられん。世の中、寒くなってきたよ。

10月29日

髙島屋からは図録の雛形、ポスターの試作、次々に届く。千里があわただしく東京へ出かけては、担当者と会い、出品作品の選定から何やかや。

ぼくは一切、お任せ。しめしめと、のんびりしていたものを、何と慌てふためく年の取り方。

10月30日

アトリエの中、おかしな臭い。トイレの管が崖の土中を伝って、その一部が開いてしまっている。

点検に来た業者が早急に修復をと焦る。もちろんだ。使用禁止にでもなればもっと大変。

それにしてもこのところ、家の手当に金のかかる事。もうこれで、すべて水に流してもらえまいか。

10月31日

秋の光は違う。姫島がそれだけ浮きあがる。水は風景ではないのか。水平線は景色の埒外なのか。島は空とも海とも馴染まず迫ってくる。

みぞえ画廊が、来年度のカレンダーのデザインを持参。二ヶ月ごとにぼくの絵が入る。年末は、白い丘に青い月。

そうか、来年いっぱい俺は今の体力が保てるだろうか。もし生きてるなら、そうあって欲しい。

11月1日

フミ君、やってくる。ここに家を建てて、寝転んで、夕日が海に消えてゆくのを見たいという。ぼくの日常のささいな憩い。それを倣ってるな。

幸福というのは、そういう淡い実感のことかも知れん。河原君も交えて、ぼくより若い一世代、つまり七十前後の人たちと夕餉《ゆうげ》。そうか、ぼくは今の社会から離れてしまったな。

11月2日

朝からNHK、アトリエに器材を持ち込んでのインタビュ。先日来、ぼくはかなりの数量の作品を県の美術館に寄贈している。午後、福岡県庁で県知事の挨拶。たいへんに素晴らしい作品を御寄贈いただき、県民の教養は高まる云々。

ぼくは何と挨拶を返せばよいのか。そのまま口真似は出来ないし。いえ、つまらぬものを、とは思ってもいないし。

11月3日

今日の新聞に、ぼくの顔が出ていた。作品が一杯溜まったので、焼き捨てようかと思ったりして、と変な挨拶がそのまま活字になっていた。正直でいいよ。

11月4日

明日は東京へ戻る。セルゲイさんのところへ、さよならを言おうと立ち寄ると、あの穏やかな貌が消えている。老衰の母を抱えて、自分たちも老人、どうにも思案の崖っぷちに追いこまれている様子。
死の不安は、常に生きている人間を脅かす。未練がなければ恐ろしくはないか。それは消える者にとってか。残された者にとってか。

11月5日

西嶋さんが空港まで送ってくれる。あまえるよ。朝早くだが。
機内でお昼を済ませ、ほぼ半年近く離れていた東京へ戻る。思ったより無難に体が適応してくれて、助かった。

11月6日

お昼すぎまで眠った。海っぱたでの疲れか、うとうと、ああここは東京か。

11月7日

わずか半年もたたないのに、家の中の仕組み、忘れている。お湯を沸かす。パンを焼く。風呂にお湯を満たす。はて、部屋の暖房は。我ながら情けない。
老人というのは、なかば、死に体の人間を指しているんだ。

11月8日
倉庫から引き出したキャンバスで、壁はふさがり、どこに何があるのか、すっかり他者によって支配された空間。寝ても、立って歩いても、ぼくが居ない。

11月9日
一昨日に引き続き、髙島屋の人たち数人、展覧会の打ち合わせ。ポスター、図録の色校正。
やはりぼくは寝室に入って昼寝する。本来はぼくが率先して、やるべき仕事。みんな人に放り投げて、後で小さく愚痴る。みんなやりにくいだろう。
先日、海っぱたのアトリエに来たビンセントさん、混雑した僅かの隙間にぼくを立たせて撮影。

11月10日
昨日に引き続き今日もアトリエは騒然。昨夜と同じように手伝いの面々と夕食。
悔しいな、コロナの奴さえいなければ、もっと親密に酔えるものを。

11月11日

誰もこない。アトリエは雑然としたまま。留守番をしているみたいだ。人名簿の書き替え、まだ終わらん。記されている一人ひとり、かなり消息が分からん。今ごろまで生きているから、こういう事になる。

11月12日

本人が死亡通知を出すことはないので、これはそっとしておこう。ぼくも今はそれに近いか。人名簿はほとんど要らない。

広島市現代美術館の人が、作品を見にやってきた。作品が消えてゆくのは淋しい。ただ美校のとき、ぼくは南薫造の教室。先生は広島の人だ。

香川県の美術館の人がやってきた。美校に入る前の予備校みたいなところに一ヶ月近く通った。そこの先生は香川県出身の小林萬吾。ぼくが美校五年間在学中、唯一、ぼくのデッサンを賞めてくれた先生。忘れられん。

11月13日

髙島屋のお偉さんが挨拶に来訪。正月明けのぼくの展覧会、デパートで開催、済みません、コロナと共演。

その後、テレビ朝日が撮影。インタビュアはぼくの隣村出身だとか。それじゃ九州弁でやろうか。

11月14日

昼から京都新聞の記者が一人、ぽつりとやってきた。

11月15日

今日は独りだ。誰も来ない。電話もない。そうか日曜。いや曜日は、もうとっくに関係なくなっている。

以前は、隣のおらび声がうるさく耳に入ってきたが、静かだなあ。コミちゃん、歌声だけでも残してくれればなあ。

11月16日

ここ数日、個展用図録のゲラと挨拶文。あがってきたインタビュのゲラ。練馬区依頼の垂れ幕の修正。

いちいち並べることもない雑事。アトリエ以外のことで数日、追われっぱなし。

11月17日

朝、隣の庭を、庭師さんと娘みたいな人とで、枝々、雑草を刈っている。

ともかくぼくの家との間に二メートルくらいの塀を作るとかで、説明に娘さんの方がやってきた。今までだったら男が顔を出す。驚いたね、昨今の世のうつろい。

11月18日

先日作ったステンド・グラスの破片を車に積んで、四人ばかりやってくる。この美しいガラスの切れっぱしで、ペンダントを作る。ひと仕事だ。

そこへＮＨＫの首藤ちゃん、撮影のメンバーを連れて乗り込む。

11月19日

表向きの顔は、みんなマスク。

このウイルスは怖いのか、怖くないのか。こういう曖昧さは困る。

それにしてもマスク面《づら》の巷。なんとも異様だ。ギャングと人攫《さら》いばかり。

11月20日

朝から、面々やってきて財団の会議。なにしろぼくの財産、ぼくの作品、これらを財団に移し替えなきゃならん。これらが済むまで、死ねん。

11月21日

NHKの首藤ちゃん、独りでやってくる。カメラの小さいのを手にして、ディレクター、なかなか忙しい。

もう長年の附き合い。新しいキャンバスに、彼女の言うなり、ぼくは勝手に描きはじめる。いつものように黒い線、大きく構図をとる。ぐいぐい引くから、当然おかしな構図。それを消そうとするから、またたく間に、まっさらの画面は汚れる。

これは首藤ちゃんとぼくとの闘いだ。

11月22日

隣は妹の家族だったので、お互いの庭に籬《まがき》の目隠しはしなかった。新しい隣人を

迎えることになって、急に世界は一変。

隣に越してきたという小父さん、挨拶にやってくる。強そうな人じゃなくてよかった。わたし爺々ですから。

11月23日

千里の娘、ケイちゃんの今日は誕生日。時おり食べに行く紀尾井町のフランス・レストラン。メニュ選ぶの、多すぎて厄介。それだけに美味しいんだろう。たまにこんな店、わるくはないな。

パリにいたとき、たびたび旅行客を案内したが、メニュの説明、どうしてたんだろ。外国語じゃないか。

11月24日

もう今までのような大作は無理。かなり小さめのキャンバスを頼んでいたのだが、これでも大きい。自分の体が縮んだ訳じゃあるまい。

11月25日

空間が少しずつ自分のものになってきた。

楽しもう。いや、ずっと楽しんできた。絵は面白い。

今にして気付いたが、自由業、会社みたいに上司や部下のない世界。これだけでも素晴らしい。

11月26日

しばらくサボっていた歯の治療。明日の午後の予約。急に脅える。歯の方が駄々をこねると、耳も黙っちゃいないか。体、少しずつ模造品と取り換えている。

11月27日

半年まえに造った入れ歯。歯茎が少し擦り減って、合わなくなっているらしい。どんどん歳をとる。

11月28日

いつも儀介さんは肉付きがいい。気分が頬っぺたに漲っている。木更津から車をとばして、一気にぼくのところへ。

七十になったんだと。家を、まるごと美術館にする積もりだろうか。絵が好きで蒐集する人は、どうして自分で描かないんだろ。

11月29日

朝起きたときと、睡《ねむ》る前、階段を降りて、ドアをあけて外を見る。近ごろの世の中を眺めている。

今の蟄居生活のように、垣間見える往来に、人物はたまにしか現れない。知らない生き者に人間は、支配されかかっているようだ。

11月30日

二月の退院以来、十ヶ月ぶりか。女子医科大学病院に行く。元気そうだと主治医に言われ、データもよいらしく、元気づけられる。命は惜しい。みっともないくらいに惜しい。

12月1日

金子宜嗣さんが亡くなった、と家族より報せが届く。そうか、病気と聴いてから長かった。見舞いがてらに訪ねたいとは思っていたが。

絵が好きな人だった。福岡シティ銀行の四島司さんと、福岡では現代芸術の双璧だった。四島さんが主に絵画を蒐めていたが、金子さんは家具が素晴らしかった。

九州トヨタの社長、忙しいはずだが、ニューヨークでマチスの大々的な展覧会と聞けば、もう、じっとしてはいられない。

12月2日

産経新聞のインタビュ。なんだか勇んで喋ったように思う。

午後になると、クレアーレの中野さん以下、四人やってきて、作ったステンド・グラスの、飛び散った破片、手を加えて、アクセサリーの心づもり。

ぼくはトイレに入って、さて出ようとすると、ドアが動かん。引いても押しても動かん。冗談だろ。ぼくは次第にムキになり、ドアを叩き出した。開けてくれえ。アトリエで働いていた連中、とんで来て、押したり引いたり、ぼくと同じことを力一杯、繰り返す。ぴくりとも動かん。ノブをあれこれ回してみるが、無駄なこころみ。

ゾッとした。俺ひとりだったら。

百歳、百歳とおだてられて、便所でフン死。

12月3日

近々出版される〈アトリエ日記〉の帯に、一言《こと》、文字を書けとの要望。

百歳万才とか、年寄りのフンバリ。あるいは長い歳月、まだまだ元気。そんな文句を入れればよいのだろうけど、実感がない。

和紙を用意して、筆で試みる。〈辿る〉〈辿った〉〈辿ってきた〉。どれがいいかな。よくぞ生きてきたとも思えない。老人の実感もない。ただ力が抜けてゆくだけの寄る辺なさ。

12月4日

日経の女記者がやってきた。この連日のインタビュと、似たようなもの。これじゃ、どこの新聞も、テレビも同じ。いいのかな。昼が済んで程なく、髙島屋の女性やってきて、質問。いや展覧会の打ち合わせだったか。

日が暮れないうちに日比谷の歯科医までタクシーで駆けつける。

12月5日

昼飯がおわると、朝日の大西さん現れる。もう何十年来の附き合い。だから気楽にインタビュ。

暮色濃ゆい中、NHKの首藤ちゃん、入れちがいに顔を見せて、三、四日前から取りかかったキャンバスの現状をパチパチ。

みんな百歳を追いかけてる。ぼくは年齢とは無関係のつもりなんだが。

12月6日

とうとう隣の庭が見えなくなった。黒い板塀の眼隠しが立ちはだかって、嬌声の立ちこめた庭は消えた。

人の在りようは、こんなにも目まぐるしく変わってゆくものなのか。ぼくはいつになく忙しく、来春の百歳記念展で追いまくられている。

12月7日

朝、工事屋さんやって来て、トイレのドアを修理。救《たす》かった。小さな鍵が壊れたというだけで、日常がこんなに身動き出来なくなるのか。

夜、久し振り銀座に出る。伊東屋で絵具を買う。この重みがいい。

いつものフランス・レストラン。反省会の面々、待っていた。久し振りだね、コロナ嫌だね。

12月8日

そうか、美校の三年生だった今日、八日、日暮れ。学校の帰り池袋駅を出たところで、大勢の人が一斉にたかっている。日米開戦と大きな立て板。帰り道、震えが止まらなかった。暗いアトリエで、妹のマドが何も知らずに夕飯の用意をしていた。

東洋を武力によって植民地化する欧米。ぼくたちはそう憤りながら育っていった。欧米を打ち砕くだけの武力を身に付けること。本当にその日が来たのか。世上は一変した。

12月9日

展覧会の図録、その色校正に朝から可愛い子ちゃん達。昼になってから毎日、東京の両新聞社のインタビュ。
いったい何をぼくは喋らされているのか。ただ口をぱくぱくやっているうちに済む。連日のこうした来訪は、百歳のせいなのか。百歳、そんなに意義のあることか。

12月10日

風呂に入る。がっくりと疲れて、すぐにもベッドへ潜り込む。合間々々に画面に向かうなんて悲しいよ。

12月11日

川津さん一人かと待っていたら、同じ白髪、同じ黒装束、みんなカメラマンなのか。ともかく家に入ってくるなり、パチパチと、ぼくを撮る。

忙しい三人の動き、かつてのドリフターズを思わせる。そして、さっと引きあげた。入れ替わりに、今回の個展のグッズ商品の、打ち合わせ。今度は女の人ばかり、三、四人。図録の色校、ポスターの色校。原画がない、なんとも言えん。

それが済むとタクシーで日比谷の歯科医。

12月12日

西日本新聞の平原さん来訪。思い出した。以前、糸島に訪ねてきた、顔の小さい女のひとだった。インタビュが終わると、レンズをぼくに向けてシャッターを切る。近頃の女の人、ずいぶん鍛われてるな。

12月13日

次々に手紙が溜まるように、来訪者がくれるマスクが、それぞれの意匠を凝らして、溜まってきた。ぼくはひたすら怖いばかりだが、ちゃっかり金儲けを企む人、楽しむ人、その場その場の生き方があるもんだな。

12月14日

女の人ばかりまた、何人か集まった。今日は個展グッズ商品のデザイン、色校。

もう何回、色校をやっただろう。表紙やポスターや、チラシ。その度、こうして女の人ばかり集まる。みんな伸び伸びしている。俺は本当に爺々なんだな。

12月15日

今日は誰も来ない日。予約のない日なんだな。朝起きた時から、そう言い聞かせて、幸福そうな顔をしているうちに、日が暮れた。

12月16日

練馬区役所の担当者四人、やってきて、先日から課題のオリンピック用幔幕、デザイン最終決定。

こういう時、ぼくはまるっきり頭が働かん。人と一緒に作ってゆきたいのに、神経の何かが拒絶する。

12月17日

昨日から今日にかけて次々に贈り物が届く。誕生日だ。紀寿と書かれている、百歳。

こんなアホらしいことを他の動物は考えない。パンダが、日本に来て、もう何年になるか、中国へ還ることがあるのか。そんなことを思案して、自分の年齢を、いや人生を哀しく描いたりするるか。

四、五人の仲間たちが、一席設けてくれて、銀座で飲んだ。友情を、肌で感じる。息がつまり、小さいローソクの火が消せなかった。

12月18日

みぞえ画廊の阿部さん、新しい年の大きなカレンダーを持参。各月、みんなぼくの絵で飾られている。多くの人が、ぼくの絵に、ボン・ジュールと言ってくれるだろう。

12月19日

倉庫から引き出して、アトリエに積んだ作品。今朝方高島屋のギャラリーから取りに来た。年明け早々に始まる「絵描き、道楽、続けて百年」と謳った小品展の数々。どうしてこんな訳の分からんフレーズが付いているのか。正直なとこ、絵を描くことは、ぼくにとって職業なのか、道楽なのか判然としない。

12月20日

昨日から礼状書き続けて、キッチンの暖かい一隅に陣取ったきり。それにしても世の中、寒くなったなあ。

12月21日

今までに発表した水彩画。どんなのが手許にあるのか、ぼくは知らない。今日も何人か集まって、その調査。

12月22日

髙島屋から、改まって挨拶に来訪。

しかしコロナ禍。入場者の制限、かなり煩わしい。いつまで人の楽しみを食い荒らそうとしてるのか。

この二、三日、落ち着かん。百歳の誕生日。こんなにもぼくを祝ってくれるのか。冷蔵庫がいっぱいになる。棚には花々が並ぶ。今までぼくは他人のことを思ったことがない。

12月23日

雑誌「美術の窓」から取材に来た。百歳になっても描いているやつは珍しいのか。野っ原で歌を唱《うた》っているように、要らない紙に色を塗って喜んでいる、それだけの事だ。人は、絵描きというのが判らないらしい。ぼくも判らない。

12月24日

ずっと朝から坐ったきり、贈り物のお礼状を書く。四、五日前からだから、こんなにも人との交流があるのかと驚く。

数日前に出していた個展案内が、住所不明の付箋付きで返されてくる。しばらくご無沙汰しているうちに転居とか、あの世へ引っ越したとか。

12月25日

先日、作ったガラスの破片のアクセサリ、中野さんがいっぱい持ってくる。ぼくはその台紙にサインを入れる。好きなんだな、こういう手仕事。

日比谷の歯科医で、新しい入れ歯。その嚙み具合再度、検診。この四、五日前から は瞼が腫れて、いささか金魚じみた顔。

やけに細々と、体のどこかが、かなきり声を出す。命、もう少しの辛抱だ。

12月26日
金魚の顔のまま。眼科に行こうと思うが、千里は賛成じゃない。病院に足を踏み入れて、コロナにやられちゃ敵わん、という事だろう。

12月27日
一週間前から紀寿の贈り物への礼状書き。書いても書いても贈り物が届く。

12月28日
読売新聞の井上さん来訪。ぼくが画面に向かっているところを撮る。この数日、仕事にならん。そのくせ、仕事をしている振りのポーズ。新しく埋めた奥歯が、圧迫されるような心許なさ。夕方歯科医に行ったついでに千里の家を訪ねる。リニュアルした住居に、大の字で寝る猫のクロベエ。

12月29日
来月の髙島屋、個展のカタログ、なんと八百冊、届いた。コロナのせいで、接近はよくないので、家でサインを入れてしまう。
女性三人、助っ人として派遣。流れ作業でといっても、書くのはぼく一人。

夜の食事は女性五人。女性群、今日は千里の誕生日というので、酔っぱらってコーラス。

12月30日

作業が続いて、連日、助っ人が何人か来ていたのが、ぱたりと止まった。あらかた仕事は済んだらしい。

礼状は、厄介だなと思っていたが、独りになってみると、遠くからのこの友情が、ありがたいものに思えてきた。

12月31日

壁にへばりついているキャンバスが、みんなそっぽ向いている。しばらく描かないと、すぐにでも他人の顔になる。

今日中に、百歳祝いの礼状を書いてしまいたい。一人ひとり、すぐにも顔が浮かんでこないので、礼状、遅々として進まない。

2021

1月1日

なんとなくホッとする。百歳めざして、こんなにも贈り物が届いているのに、寝込めばインチキ呼ばわりされるだろ。拍手には応えなくちゃ。

お節料理を持って、千里一家がやって来る。いきなり賑やかな正月のお昼。

元旦という日は、今まで見たこともない何かが現れる。以前はそう思いこんでいた。

ハイ・チーズのどこを見るでもないあの虚しい時間帯。

1月2日

ようやくぼくの時間が復活。たくさんの年賀状、一枚一枚手に取ってみるあの喜びがない。大勢の友だちに囲まれていた舞台は消えたのだ。なんだか浦島太郎。アトリエの中をぶらぶら歩いていると、こうしていつもの自分。

1月3日

ぼくの洞穴。アトリエでぼんやり過ごしていると、原始人の住居はこんな居心地だったろうな、と思う。身を包んでいるだけのような小さな宇宙。朝も昼も夜も同じ時間帯。

絵を描いている様子が、日記ではうかがえないが、と投書があった。本職にそって書き綴っても詰らない。洞穴で呼吸しています。ただそれだけだ。

今、いちばん望んでいるのは、背中を存分に掻いてくれる人、いないかなあ。

1月4日

両の瞼に目脂がくっついて、目覚めるときに、嬉しくない。もう十日ほどにもなるか。放っていると、何だか目玉が飛び出してきそうな気配。

嫌だな、百歳記念展と銘打った、漫画チックなボク。近くの眼科に行くと、ともかく目薬をくれた。夕方は遠くまでタクシーに乗って歯科医。しかし一日がこんなことで潰れるなんて、立派な翁にはなれん。

1月5日

今日は誰も来ない。注文もない。ゆっくりと自分の流れ。ゆっくりと入浴。

夜も更けて、寝ようとベッドに近づいたとき、右脚の小指あたり、いやというほど柱にぶっつけた。ベッドに入ろうと脚もとに眼をやると、床に点々と血の跡。一瞬にして、そこらあたりの景色を変える。

1月6日

ついこの間まで、いろんなインタビュ。昨日、今日と、その掲載紙が届く。聴く人が違えば、書くことも違うんだ。ただどの紙面も、百歳の爺々のツラつき。

1月7日

国が打つ手は、ゆるいのか。コロナ患者は予想に反して増える一方。とうとういろんな条例が出る。

明後日の高島屋展のセレモニーは取り止めになった。それがいい。去年の開催予定が日延べされての明後日だったが、逆に事態は悪化。本降りになって出てゆく雨宿り。

1月8日

明日がどうなるか判らないという日を、毎日刻んでいる。

夕方、フミ君とジュリーが着くはず。外国人を迎えるようだ。熊本から東京に飛行機で来るのに、成田に着いてる。ジュリーは外国人だが、亭主のフミ君は日本人。日が暮れ、待ってもなかなか現れない。本当に個展の明日は来るんだろうな。

1月9日

一度に二百人以上入ってはいけないとか、予約してから来場とか、煩わしいが、おかげで自分の絵がゆっくり見れた。

描いたりお蔵入りしている作品が多い感じ。大きな絵がずいぶん並んでいる。気付かなかった。この数年で体力はこんなにも弱ったのか。

1月10日

昨日は終日、会場をうろうろしていたわりには、そう疲れていない。お昼になるとユキ子さんが、娘のメイと昼弁当を持って、やってきた。

遠くで展覧会をやっている。身内の女たちと、こうしてささやかに台所で食事というのも悪くはない。

1月11日

今日は三上さんが手伝いに来てくれる

日。なにしろ家の中、ごった返し。

整理のヘタな男、絵を描いていたら、展覧会場に詰めている千里から、今やらなきゃならん事を先にして、と金切り声の電話。日本でいちばん忙しい九十歳といわれていたが、もはや百歳。

1月12日

昼から「月刊美術」のインタビューというので、心待ちにしていたが現れん。それは明日だと、千里から連絡してきた。

一日早く勘違い。そうなると、もう後は手につかん。

1月13日

「月刊美術」からのインタビュアーとして、土方さんやってくる。ぼくが絵描きになるまで、と言うか、この年まで絵を描いてこられた顚末。

今度の展覧会について、新聞社、美術雑誌社、いろいろインタビュアーがやってきたが、気づいた事は、ぼくが絵描きを志していた少年期と、かなり変わった。貧乏してでも絵描きになる世相は消えた。絵の教師、お絵描きの先生、漫画家、デザイナー等々。

1月14日

ぼくの個展、ぶらりと会場へ出かけた。荒っぽい筆づかいになっている。表敬訪問の練馬区長。かなり戸惑って御覧になったに違いない。

1月15日

朝、二、三人やって来て、そこへアーティゾン美術館のヘイマちゃん、運送屋さんを連れてきて、大きな絵を、倉庫からみんなで運び出し、絵が出て行ったら、みんなも消えた。

ま、一服しよう。

1月16日

個展の会場、四面、自分の絵に囲まれて、時間をつぶす。これは気持ちのいいもんじゃない。

風呂の工事。人がやってきた。落ち着かないけれど、屈託がなくていい。

1月17日

人の流れから離れて、独りおきざりにされたような、いや、これはいつもの在り方。

人はぼくに会うたび、お元気ですね、百までは生きますよ、と挨拶していた。先月、百歳になった。いつまでもお達者で、急に現実味のない挨拶に変えた。日本人は、年齢抜きでは、会話がなりたたんのかな。

1月18日

今日で個展の終わり。ぽつりぽつりと、そのたびに、幼い自分を思いおこさせる人物と出会う。

たった一度の触れ合い、昔の仲間。人はよく覚えているものだと思う。

1月19日

二週間ほど前、痛めていた足の指。夜中に傷口がうずき出す。そのせいか、電話で起こされたのが朝も過ぎた十一時。

展覧会終わり。旧交もあたため、いろいろ解き放されて、こんなにも眠りつづけたのだろう。

電話は、ニューヨークに住む、藝大の教え子だったお茶目な女。日本時間を一瞬、間違えたと慌てた様子。

1月20日

足の指を千里は心配して、近くの診察所へ。またしても入院か、二人は黙々と歩いた。

結果は、やがて新しい爪が生えますよ、で終わり。近頃は何にでも怯える。

1月21日

まだ寝呆けている朝、といっても十時ごろ、三岸節子美術館から作品を借りにやって来た。「自画像展」。

美術館があるなんて、三岸節子も歴史上の人になったのか。ぼくは好きだった。ある夏、サンゼルマン・デプレのキャフェでの夕食は、いい思い出だ。いや近くの市場街でふいに出会ったときの、いくらか羞《は》ずかし気な顔。

1月22日

年賀状を忘れた人たちに、寒中見舞を出さなきゃならん。これはもう数年まえからの、ぼくの取り決め。

交友のない人、おそらくはファンだろう。忘れた顔の人。住所の整理に近ごろおそろしく時間をとられる。これは老人病。同じことを繰り返して、いつ果てるとも知れん。

もう止める。せっかく便りを届けてくれているが、現在、手紙や電話で喋りあっている人だけにしよう。許して下さい。いくらかボケた。

1月23日

風呂場にシャワーのカーテンを取りつけることにしたが、この部屋の構造から、かなり厄介。

あと何年生きるのか。いやこの考えは止めよう。生きている限り、生きる方向で進めよう。

1月24日

外は雨らしい。ムサ美の教え子たちとの、年始めの交友展。一昨年から会場には行けなくなっている。今日で終わりました、と池田クンがぼくの出品作を夕方、届けてくれる。

彼の持参した寿司を肴に、ワインを傾けながら、性こりもなく師弟のつもりで夜を更かす。

1月25日

財団の四人ばかり集って、朝から会議。すべては死後のぼくの作品についての事だから、あえてぼくは加わらない。

アトリエの棚、その中のデッサン類、みんな床の上に置いて、一応、作品になっているやつ、参考のためにに保存しておくやつ、それから捨てる分。

捨てるについては、なかなか思い切れない。今までに、おおよそ捨てたつもりでいたが。

1月26日

朝のテーブルに坐って、いつものパン。みんなが固い固いというバゲット。ぱくりと口をあけて噛んだ。

噛んだつもり、入れ歯は昨夜から洗面台の上に置いたきり。病院では御高齢の方、と呼ばれる。

1月27日

寒中見舞のハガキが二百枚届く。あれだけ削っても、まだこんなにあるのか、振り切れないでいるのか。

年賀状をくれた人だけに寒中見舞を出す、というズルをしてるんだが、印刷された文面だけじゃツマラない。それぞれに一筆。

ずいぶん時間を食う。疲れるなあ。

夕方、岡山県の美術館員が作品受け取りにやってくる。どういう挨拶をすればいいのか、自分の作品。

1月28日

美しい。庭に雪が降っている。うっすらと白い色を、物象に被せるだけで、どうしてこうも世界が一変するのか。

1月29日

日本テレビが妙なインタビュ。テレビで顔を見せるDAIGO。そのDAIGOの血縁というか、縁故を辿ってゆく、という番組。

亡くなったぼくの妻はDAIGOの伯母。ぼくの妹の亭主は田中小実昌。小実ちゃんの親しい親戚に筑紫哲也。その兄弟は？　と言ったふうに先々辿ってゆく。ただそれだけの事だが。

何処までも辿ってゆくと地球を一周してまた、ぼくのところを通るんじゃないか。

1月30日

このところ、しきりとうるさい音が外から響いてくる。お向かいの隣の邸を取り壊しの最中。立派なお邸だった。

車庫の天井がなくなり、母屋の方の壁と一体になったその様が、おそろしく強い。

1月31日

絵の方は焦っているのに、寒中見舞のハガキから離れられん。人との気持ちのかかわりあいに、こんなにも思案ばかりの数日。これは病気だと、四、五年前から気がついた。

2月1日

懸念していた練馬区の垂れ幕。ようやく出来あがったというので、迎えの車で区役所へ。

オリンピックの聖火を引き継ぐ区役所前に飾るというので急いでいたが、ゆっくりと今になったのだ。原画の数十倍、心配だったが大きいだけ原画より見栄えがする。

2月2日

作品の整理で一日おきくらいに顔を出してくれる女性群。今日は三人、いずれもその道のベテラン。男が威張る我が国は、大きく世界に遅れている。ぼくが言ってるのじゃない。折々にそう彼女たちに囲まれて、諭される。

夕食が終わってから窓をあけ、暗い庭の遥かな闇に向かって皆で、鬼は外、と豆を撒く。それぞれ手製の鬼の面相。男はぼく独り。いや鬼に囲まれている訳じゃない。

2月3日

一向にコロナの勢いは止まらないらしい。みんなどうしてるのだろう。もう暫くこの状態が続けば暴動が起きるかもしれん。雨露を凌ぐ家の中で眠れるのは有難い。

2月4日

朝、電話で起こされる。入れ歯をはずして寝ていたから、レロレロ。朝の電話の何と爽やかなこと、どなただろう。

2月5日

小さいキャンバスをたくさん並べて、片っぱしから絵具をべたべたとくっつける。絵を描くというのは、ぼくにとって、これが嬉しいのかもしれん。

2月6日

いくらか日暮れが延びたのだろう。今日は春のような陽気ですよ、とお手伝いさんの声が弾んでいる。
アトリエで終日、並んでいる小品と向かいあう。

2月7日

時間はおそろしく緩慢に動く。玄関のブザーが鳴って、ぼくがそこへ辿りつくまで、ただ階段を降りるだけだが、届け物のお兄ちゃんは、いらいらするらしい。一日が五十時間あっても、ぼくは忙しい。

2月8日

年寄りというのは隠居になることかと合点していたが、こう絵に追われるとは。いや待てよ、絵描きというのは職業につかない人種で、これは当初から隠居。食えないのは当然で、絵描きは、食いつなぐ道を、自分なりに何とか探し出して生きている。百歳になって愚痴っても始まらん。

2月9日

先の個展を、デパートが百歳記念と謳ったものだから、やたら〈おめでとう〉という挨拶が届く。近ごろ脚が不自由になってと、ぼくは年配らしい返事をする。年寄りらしく見せるのはよくない。あんまり労るな。

2月10日

個展は来月始め、京都の髙島屋に廻る。このところ引っきりなしに案内状と、済んだ個展の礼状といった類。ともかく机の上は乱脈のまま。ぼくが絵描きの道を選んだ理由の一つは娑婆とあまり接しなくて済む、というのもあったと思う。

スポンサーの日経や出版社が、四百冊の京都展図録を運んでくる。東京展のように、サインを入れる。依然コロナのこともあって、会場で集まってこられるのは困るらしい。

2月11日

小品をずらりと並べて描いていると馬小屋のそれぞれに餌を食わしているような気分。いや、それぞれの柵の中、豚だったり牛だったり羊だったり、厄介。

老人の手すさびになったのではあるまいな。

2月12日

栃木県の美術館に、作品が貰われてゆく。アトリエの奥の倉庫に収まっていた過去が。

去年の暮れから続いていたこの作業も、終わりに近いはずだ。そうでないと、アトリエでの仕事、落ち着かん。

2月13日

左眼の瞼が腫れぼったいと、ぼくの顔を覗きこんだ千里が言う、ちゃんとモノが見えてるの。

両脚がかなり、むくんでいる。今朝の体重、跳ねあがっていた。老人で生きてゆくのも大変だ。

お願いがある。もう暫く絵を楽しませてもらえないだろうか。

2月14日

昨夜遅く、寝る前に顔を洗っているとき突如、ぐらぐらと脚元から揺れはじめた。地震。慌てて、外したばかりの入れ歯を口の中に押しこむ。

歯のない顔のまま逃げるのは、そんなにも気になるか。これが百歳の爺々の思い、というのがおかしい。

2月15日

昨夜、ひっそりとマリリンからバレンタインのチョコが届いていた。去年の春は姥桜の会、招待状が。

贈り物の紐を解くと分厚い真っ赤な唇のチョコ。

2月16日

このところカレンダーを横目で睨んでは、小品の制作。二月いっぱい、充分なはずだったが。
三日後は北九州の美術館で水彩画展。列車で東京から九州の小倉まで驚く早さ。しかし喜んでいいのか。スピード競争に、ぼくたちは今、振り回されている。

2月17日

時間的に効率よく絵を描きあげる方法を問われた。ある訳がない、そんな時代が来るとしたら絵は要らん。待てよ、そういう時代になりかかってるんじゃないか。

2月18日

がっくりと疲れた。日は暮れている。デパートと約束した枚数の小品は揃えた。ずらり並べて、サインを入れる時は嬉しいだろうな、と思っていたが、もうサインをするのさえ億劫になった。

2月19日

朝十一時の東京発、忙しい。かなりハードなスケジュールを千里は組む。若い人からみれば別にどうでもなかろうが、近ごろはこたえる。
しかし、手加減しないところがいい。老人と甘えさせると、すぐにも老ける。午後五時前に、九州、小倉着。

美術学校の試験を受けにいった当時は、福岡から東京まで二十四時間。

何かと言えば、ぼくはこの長い時間を持ち出す。夜が明けて京都、午後も遅く、暮れなずんで熱海。

2月20日

昨日、東京駅で落ち合った仲間と、北九州市立美術館。九大で美術史を講義していた谷口先生の肝煎りでこの建物が出来た。ぼくは初めての回顧展をそこで開いた。今回は美術館が所蔵しているぼくの作品、四、五十点くらい。

油絵はともかく、水墨画と称する類の絵、どうも甘い。

個展のたび、旧知の人たち、やって来る。ここは九州、幼馴染みとも会える、と思っていたが、ほとんど来ない。そうか、ほとんど生きていないのか。

村田喜代子さん、いつもの、さっぱりとした表情で現れる。自分のうちみたいな気安さ。

2月21日

朝、ホテルに妹たちが訪ねてきた。

絵にはあまり興味ないと思うが、兄貴おもい。

2月22日

戻ってきた東京、かなり暖かい。予約していた女子医大病院に検査を受けに行く。百歳百歳とおだてられているからには、もうどんな恐ろしい診断をされても受け流そう。

なに、あっさりと健康優良老人みたいな賞《ほ》め方をされた。ただもう少し、ちゃんと歩ければ。脚のむくみが減ってくれれば。もっと、小便も我慢できれば。

2月23日

物は、ひとりでに散ってゆくものではなかろうか。わざわざ捨てもしないのに、今まで描いた絵、かなり見当たらん。

額縁屋さんが、昨日までの小品を受け取りにきて、アトリエは寒々となる。

2月24日

アトリエの隅々から、千里はデッサンや水彩画を、よくぞと思うくらい拾い出して、それぞれにタイトルと、画面にサインをと。

その気にならん限り、タイトルなんて浮かんでくるものじゃない。あれは絵とは関係ない、ただの目印。

2月25日

小品が消えて広くなったアトリエ。いつものぼくの広場、いや原っぱ。近ごろ、すべての設定、あっけなく消えてゆくような気がしてならん。

2月26日

少し寝坊した。いつものメンバー、ぽつりぽつりとやってくる。どこから引きずり出したか、ボール箱。汚れたスケッチブックがぎっしり。美術学校に入った頃からだろう。

今頃まで残っていたのか。学校を卒業のとき、アトリエの全作品は大八車で原宿の知人所有の倉庫へ運び入れたが、戦火で焼失。以後、九州の実家に置いていた作品は焼かれておしまい。世田谷での数年、パリに行くまでの作品は、近くの絵具屋に未納のカタとして預け、それっきり不明。描いたキャンバスも紙も、今に残っているのは、ぼくにとって涙が出るほどありがたい。

ともかくも今日、それらのスケッチに年号を書き入れる。

2月27日

未整理のまま。今日は誰も来ない。ぼくはこの仕事には、自分の過去のことなのに、関与していない。どうでも別れに立ち会いたくない。

2月28日

どうしたらよいものか、机の上、いつでも手紙の類、数葉。捨てるか、あるいは、一筆したためるか。

繰り返すこの逡巡は、出歩けなくなったぼくの、夢想の訪問か。

3月1日

午前中に四人ほど顔が揃った。ほどなく広島の美術館から、作品の受け取りに来る。かなり時間をかけて、倉庫にある全作品を調査し、寄贈する美術館を選定し、交渉し、こうして受け取る側の美術館が運送屋を連れてやってくる。

寄贈だからといっても、美術館側は手を拍《たた》いて喜ぶ訳じゃない。狭い倉庫、予算に組み入れてない運送代、いろんな事情を乗りこえてのことなのだ。

どだい画家というのは何なのか。勝手に作品を作って、ほとんどの人間は迷惑だろう。欲しい絵はそうざらにあるもんじゃない。

3月2日

お昼の新幹線に乗って京都。

駅までのタクシーに乗ると、ぼくは運転手の支配下。どうしてだろ、金を払うのに、車の中でぼくは捕虜なんだな。

年を取るというのは、こういう事か。他者の支配下に身を置くことが多い。

3月3日

京都、十一時、会場で六新聞社共同でのインタビュ。

東京では、会場に入るなり、画家の深い低い叫び声が伝わってきた。これは確かに俺の声。この声は見る人に伝わるという確信をぼくは持った。

しかし京都展で、その声はなかった。けだるく寝転んでいる老人の貌が貼りついているだけ。

どうしてこうも違うのか。会場空間の相違、それもあるだろう。現在から過去に向かって並んだ作品が、ここでは逆に、過去から現在に至って陳列されている。しかし、そうした条件で、こうも違ったぼくが映し出されると、アイデンティティが消えてゆく。

他者には、どう映っているのか。キャンバスの上に描かれた絵というのは、そんなにも他愛なく外的な条件に左右されるものなのか。

3月4日

駆けつけてくれた四、五人の仲間たちと、昼を済ませて、はやばやと帰京。亡くなったカミさんと、京都にはときおり出かけた。この都は、ぼくたちに特別の香りを持っていた。

3月5日

しめやかに雨が降っている。地球の向こう側を歩いてきたような気がする。よくぞ元気で帰ってこれた。

百歳、百歳とおだてられているうちに、寿命の終着点の白いテープを切ったような、こころもとない達成感。

3月6日

留守中の新聞や、その前日までの読み残した記事。机の上に溜まっている。

日頃思わず入り込む手紙類が、今のぼくにとって訪問者だとすれば、新聞は、外気の匂いを、吸いこむ窓かもしれん。

3月7日

近ごろ、日曜が嬉しくなった。平日は作品整理の助っ人や、報道関係、雑誌記者等々、いつの間にか家の中に生えてきたように、ざわつく事が多い。

日曜日だけは、ぼく独りの一日。誰も来ない。七日に一度のありがたい一日。

3月8日

わりと早くに眼を覚ます。洗面台に、うがいの水を吐きだすと、どす黒い血。厄介なことになった。またしても入院か。老年、明日が分からんから嫌だ。

千里に連絡し、千里が女子医大の担当の先生に連絡。ま、大丈夫らしい。

3月9日

佐藤全孝の家族へは昨日、手紙を書いた。藝大でぼくの教室。彼の死を悼んで、クラスの連中で遺作展をやったらしい。意地っ張りの、にっこり笑う顔が忘れられん。

ぼくの教室の何人が逝っただろう。絵は描けなくなったら描かなくていい。描いてる奴は死ぬな。

3月10日

ヒストリーチャンネルというテレビ番組。ぼくのこと、戦争中は画学生、それから一兵卒、戦後の、画家としての歩み。

そのための準備というか、打ち合せ。

ぼくは念入りに伝えたかった。あの時代の日本人の在り方、知って欲しい。

千里にエスコートされて、すぐ眼の前の石神井川。そうか、桜も蕾になっている。冷えてくる。もう戻りましょう、と言われた。なにしろぼくは老人初体験。戸惑ってばかりいる。

3月11日

夜、遅くなったが、シャワーを浴びた。

悲しい裸。以前はこんなじゃなかった、と言ってみても始まらん。

老人は欲情しますかと、パリにいたとき椎名さんに尋ねたことがある。性欲はありますと老人は答えた。しかし、それはかつての快感のイリュージョンだろうね。

どうしてこの返事だけ、いつまでも憶えているんだろ。

3月12日

鹿児島の南端、枕崎。この漁村に、展覧会の審査で二十年以上訪ねた。

あの海を見おろす高台の会場で、ぼくの個展をやりたいと、美術館の人が訪ねてくる。あの小さい漁村に、絵の情熱が絶えないのが嬉しい。

3月13日

福岡県立美術館、作品の受け取りにやってくる。なにしろ小品、デッサンまで容れて、四十点近い。

一枚一枚、梱包してはトラックへ積み込む。忘れている作品もある。タイトル、年号がない。もちろん画面にサインもない。

流れ作業でみんな動いているので、マーカーで、即座に思いつくタイトル、およその制作年号をキャンバスの裏面に書き込んで渡す。

3月14日

昨日は終日、雨が降りつづけた。雨脚はかなり強かった。念入りに梱包したとはいえ、湿気は防げない。

口惜しいな。今日は、あっけらかんと青い空。

壊しているお向かいの大きな邸。若者たちで楽しかった。何人か亡くなり、残った人もどこかへ。景色はうつろう。

3月15日

明るい日差しが、曇って、うそ寒く雨模様。以前は天候なんて、どうでもよかった。人との関係が薄れると、急に自然が目の前に拡がってきた。

渓谷に沿った庵。そこに住む老人。中国の古い絵にあるあの静寂、いや似ても似つかん。

3月16日

早起きして、この度の助っ人たち、野見山暁治美術財団の面々を迎え入れる。どの美術館にどの作品が行くのか。

ぼくは横目で、作品の移動を眺めている。昼寝か、テレビを観てよう。

3月17日

今日は何もないのだな。誰も来ないのだな。こわごわアトリエに入りこんで仕事。午後、暗くならないうちにと、脚の訓練のつもり、石神井川べりを散歩。めぐってきたんだな、春。

ぼんやり歩くと、つまずきそうになり、千里に叱られる。叱っていいんだ。老人は子供に還ってる。意地悪婆さんになれ。叱らないと、ぼくはどんどん老けてゆく。

3月18日

美術年鑑社から原稿の催促。忘れてはいないが、慌てるなあ。

3月19日

先日、高島屋での個展作品、四十二点。どっと今朝、返ってくる。待機していた、いつものメンバーによる動き、作品を収納するのは早いんだな。

久しぶり、近くの蕎麦屋で一同、やれやれ。桜は間もなく満開だろう。たまに、こうやって大勢で囲むと嬉しい。

3月20日

雨、ずっと朝から、うそ寒く、空気も濡れそぼっている。運動不足だな。ここのところ体重、少し多い。

3月21日

日曜、郵便物は休み、ほっとする。なにしろ、連日の作品整理。
礼状、賞状。恭《うやうや》しく額装されて届くと、これが重い。重荷になる。

3月22日

昼すぎ、ヒストリー・チャンネルという、先日、打ち合わせに来たテレビ番組が、大きな機具を持ち込んで、撮影。

ぼくは、時代の変遷に揉まれて生きてきた、話せば長い。戦争というのが、どのように理不尽なものか、今の人に知ってもらいたい。先日の打ち合わせの時、懸命になって喋った。しかし今日、同じ質問、同じ説明を繰り返すと、あの一途さが消えた。おそらくリハーサルより優れた本番というのは難しいだろう。

3月23日

象の顔みたいな形になってきた。今、数枚並べたキャンバス。この鼻が面白くて、何枚も何枚も描いた。いいだろう、象に見えようが。

3月24日

今朝の体重、少し多い。五十四kgを越えた昨日よりは、やや低いが、五十三kgを越えてはいかん、心不全になると怖い、と千里は常に体重を気にしている。

気にするな、千里は朝やってくるなり、ぼくの顔を、今日の天気のように見つめる。

3月25日

ぼくの絵を欲しい、と金を出す。そういう人に持ってもらうのは嬉しい、金は受け取れん。本当にそう思う。

今日、二つの美術館から作品を受け取りに来た。大きな絵は場所を取るので、あげるといっても困るだろ。引き受けてくれる美術館は、ありがたいが、運び出されると、なにか寂しい。

3月26日

午前中に北陸の美術館。午後にはまた、違った美術館。これで、あらかた作品の嫁入先、終わりましたと、手助けのメンバー、ほっとしている。

みんなで近くの石神井川の桜の下を散策。少し疲れた。

3月27日

これから当分は、アトリエの中、自分の領域。絵描きとは、生み出した作品によって絵描きなのか、生み出す過程、その行為が絵描きなのか。

3月28日

いつまでも、うそ寒い。少し雨。家が、ずーんと下がって、地下に生きているような気配。時間も消えている。

3月29日

いつもの日々と変わりはないのに、まるで戸外にいるような寄る辺なさ。今まで描いた絵の整理に追われたこの数日間。さっぱりと過去は消えた。いつこの世から去っても、誰にも迷惑はかからん。アトリエの奥の倉庫が、明日に向かって立ち塞がっていたのだ。それが消えた。ぼくは思いもよらず死を覗ける距離にいることを知った。

3月30日

この五月、九州の南端、枕崎で、水彩による回顧展。それに出席するつもりでいる。いや、その前に京都の画廊で小品展の予定もある。まだコロナいっぱい。脚は弱ってもいるが、それらを尻込みするか、出かけてみるか。誰が奨めようと、引き止めようと、そうだ今、言っておこう。ぼくの身辺、なにがあろうと、すべて本人の意志。判り切ったことだが、身辺の誰彼が、よく自分の責任のように責めている。

あれは取りこし苦労。

3月31日

晴。カーテンを開けると、今日の太陽が部屋いっぱい。この明るさや暖かさは、一瞬、ぼくを力あるものに変える。

夕暮れ近く、石神井川のほとりを歩く。川っぷちにぎっしりの桜。川面いちめんの花びら。

4月1日

朝、きっちりと目覚める。昼寝も一時間そこそこで目覚める。ありがたい、一日が少し長くなった。アトリエを歩きまわる時間が長いというのはいい。

4月2日

一杯食わされる事なく四月一日が過ぎた。フランスにいるとき、折り紙で作った魚を、背中にぶらさげられた。バカげてて、他愛なくていいな。

今日の夕方は入浴、と千里に前日から言い渡されていた。誰かが家の中にいないと、独りでの入浴は心許ない。それでもぼくは滅多に従ったことはない。

4月3日

向かいのお邸、目下取り壊し中、そこへ近所の人たちが大勢。なにしろ二百坪を超す敷地に堂々たる鉄筋コンクリートの建物。それを基礎工事に至るまで、そっくり掘りおこす。振動、轟音、数日前から響いている。

その被害が御近所の家々に出ているらしく、皆さん、不安そうな顔を寄せていた。ずっと以前の話、うちの親父、ぼくが立派なアトリエを建てたと吹聴。喜び勇んでやって来て、このお邸のベルを鳴らした。それは向かい、と指さされ、あれは車庫じゃないのかと、げっそりなって道を渡り、期待の息子の家で、へたへたと坐り込んだ。

4月4日

昨日の新聞に、新刊紹介として『日本の包茎』というのが眼についた。紹介文を書いているのは女性。著者も女性。包茎はノーマル、病気ではない。男性の五割以上。なにを日本の男はびくついているのか、といった内容。

ここ最近、男女不平等で我が国は世界から大きく遅れていると話題になり、紙面は賑わっているが、よくぞ、ここまで平等になったな。

4月5日

雨に濡れて向かいの取り壊し工事、妙に静かだ。たぶん数日前から休止してたのだろう。

庭に白い小さな花が、細い枝のところどころに浮きあがっている。ぼくは花の名前、いや虫や動物の名も、知らん。ただこうして僅かな風に揺らいでいる白い花弁の、なんと可愛い。

4月6日

ここ数日間、自分の絵と向かいあっているのが嫌になってきた。画集で人の絵ばかり見ている。メキシコの古い織物。それからフリーダ・カーロ、ジオット。

4月7日

向かいの壊し工事、近所の人たち、頭を悩ましている。この家のクリスマス・イルミネーションは嬉しかった。

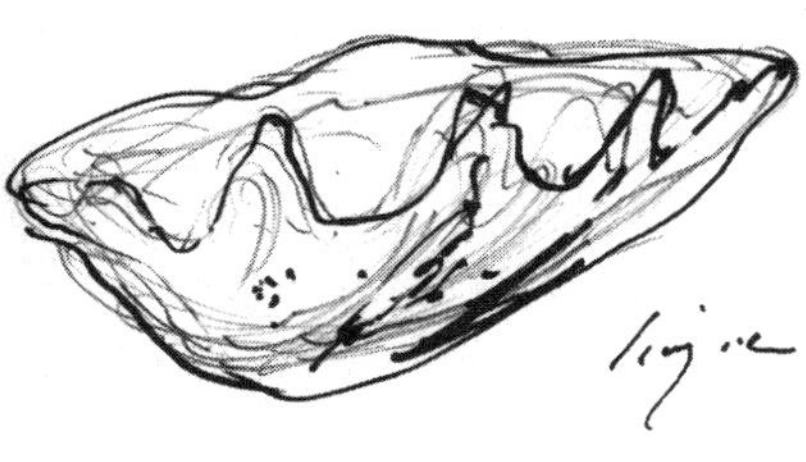

なにしろトナカイが馳《か》けてゆく光が、きらきら。ほのぼのとしていた。

あたりの景色、もう変わらないでくれ。

4月8日

友人から、そっと稗田一穂の死を報せてきた。たぶん、そういうことだろうと思っていた。

これほど素っ気ない男はいない。あの困ったような表情、おい何とか言ってくれ。

4月9日

財団の助っ人たち三、四人。今日はスケッチブックの調査。

年代、場所、今になってみると厄介。たった一文字、年号の数字を入れるだけでよかったものを。

しかし、そうまでして保存する必要があるのか。

スケッチブックの中から、美校の生徒だったぼくに、父が送った手紙が、二通出てきた。おそろしく荒々しい図太い文字。

益々元気ノ事ニ安心シテイル　健康第一　目的達成ニ邁進スベキナリ　努力ナリ結果ナシ

これだけで便箋一枚。以下、用件がこの調子で二枚綴られていて終わり。明治の父が、大正の息子に宛てた手紙。父の年代は美事だった。

4月10日

戦歿画学生の作品を飾った無言館の、熊本出身者の取材で、テレビ熊本の人が訪ねてきた。先の戦争と言っても、もう古い。軍隊とか、戦後の世情。まるで様子が摑めぬらしく、質問にぼくの方が戸惑った。

4月11日

新聞に、少し、むくんだような稗田一穂の顔が出ていて、すでに先月、亡くなったと報じている。

会いたかった。今、一度、生きているうちに会いたかった。ぼくたちは緩慢に知りあい、しばらくして口をきくようになり、出会えばほのぼのと嬉しかった。

4月12日

稗田の画集を引っぱり出して、改めてこんな絵描きと眺めた。僕にとって現世が少し薄くなった。

横浜の髙島屋での小品展が終わったらしく、作品が返ってくる。

4月13日

白い花の咲く木、やってきたお手伝いさんから、ハナミズキだと聞いた。どんな字を書くのだろ。うそ寒い日だったので、鼻水木と思い込んでいた。なにも駄洒落のつもりじゃない。人には言えんな。ぼくには、よくそんなことがある。

4月14日

みぞえ画廊の阿部さん、やってくる。最初に出会ったとき、なぜか幼い人のように思い込んで、以来、ずいぶん経っているのに、未だに修正がきかん。訳の分からんぼくの大きな絵を、好きだという。人はぼくの絵をどう見ているのだろ、不思議でならん。

4月15日

「私たち、同級生です」。というテーマの、ごく短い原稿、明日までの締切り。美校の同窓生から、今、遺作展を開催中の阿部平臣と、つい数日前、新聞に死亡が通知された稗田一穗。

4月16日

ながいこと、アトリエの隅にうずまっていたのか、美校に入ったばかりの頃に使っていたスケッチブックが、どさりと出てきた。

いつものメンバー、今日はぼくのスケッチブック整理。その頃は青山一丁目の骨董屋の二階に下宿していたので、銀座のクロッキー研究所には市電で行けた。石膏デッサンは嫌いだが、即興は好きだ。いやしかし、たくさんあるデッサン。一枚ずつ年代を割り出すのは至難の業。

4月17日

このところ、脚のむくみが段々ひどくなる。先月から一キロ近く体重は増えている。象の脚みたいな、ぬくぬくとした量感。自分がこんなになるなんて。百歳、いくら変身するといっても、体《カラダ》じゅう尿が溜ってこのザマ。

4月18日

数日まえから頼まれていた原稿、〈私たち、同級生・同窓生です！〉。わずか三枚。同郷の阿部平臣と、日本画の稗田一穗。阿部は二十年近く前に亡くなったが、目下、福岡の郷里で生誕百周年記念展。稗田は先日、亡くなったと知らされたばかり。ぼくの地球が萎んでゆく。

4月19日

二ヶ月ぶり、女子医大に診察。患者というのは、主治医の顔を見ると、信頼と不安と。つまり自分が居なくなったような空しさ。

4月20日

もう何日もかかっている、たった三枚の〈私たち、同級生・同窓生です！〉。わずか三枚だから、やり直しを繰返すのだろう。

おれは気違いになったんじゃないか、本当にもう何日かかったか。

福岡にいる妹から電話がかかってきた。よたよたしながら相変らずだと。九十四歳、そりゃ立派だ。

4月21日

枕崎から、来月のぼくの水彩画展の作品を受けとりにくる。以前、ビエンナーレで、足かけ二十何年、訪ねた南の町だ。あの時の幼い感じのお兄ちゃんが、館を代表してやってきた。

そこへ青森県立美術館の人が来訪。みんな子供みたいに若い。

4月22日

朝、電話がかかったので、喋りながら左耳の補聴器をはずす。付けたままだと電線を通ってきた声は響き過ぎる。

しばらくして、左耳の方、見当らん。思案しながらトイレを覗くと、あの小さい器具が沈んでいる。

無意識に流さなくてよかった。しかしどうやって取り出そう。左耳の方はよく外すので、時おり見失う。なにしろあんな小粒、とても高価。小粒になるために高いのかも知れないが。古い割り箸に挟んで慎重に取り出してみると、クソ。

4月23日

松濤美術館でベーコン展。下描きか、手すさびか、古い雑誌や新聞紙に走らせた筆の跡が、そのまま額に入って恭しく並んでいる。

おかしなもんだな。完成した作品以前の屑。なんかそそるものがある。共感を呼ぶ。

4月24日

立ちっぱなしで絵を描いているから、体中の血液が下がる。脚のむくみには良くない。それに対応して脛のマッサージを心がけること。いや、下半身の血栓が上ってくると、心筋梗塞を起す恐れがある。脳にくると脳梗塞。血栓。

外を歩けなくなった爺々、どう転んでもいい、と言う訳にはゆかんのか。

4月25日

久し振りにキャンバスの前に立ったような気がする。二、三日、よそ見していただけの事なのに、この空しさはどうしたことだろう。人との接触のない今の環境。ともかくキャンバスの中に入り込まない限り時間が流れない。

4月26日

なんとなく寒い。いつも雨が降っているような気がする。ずっと冬なのか、コロナなのか。裸のまま草の上に寝転んで、太陽の光を存分に浴びたら、どんなにいいだろう。

4月27日

人は今、どうやって生きているのか。眠れるベッドがあるのか、飢えをいやす物があるのか。終日ぼんやり生きてゆけるのが、逆に、不安。

4月28日

外はどうなっているのだろ。いや、人の動きはどうなのか。よく暴動がおこらないな。

4月29日

今日は祭日。新聞も郵便物も来ない。

このところテレビのひどいこと。日本は滅びるんじゃないかと危ぶむほど低俗を極めている。コロナのせいでは済まされん。

4月30日

京都国立近代美術館の柳原さんが亡く

なったと、千里が知らせてくれる。京都はこの人に、そぐわない。どうしたって富山だな。

富山の美術館が出来る時だったろう。この地に因んだ風景なり伝説なりをモチーフに作品をと依頼され、あれは六月頃だったか、当時まだ元気だったカミさんと富山に行った。館長は朝日にいた小川正隆。ここは田舎だよ、と少し機嫌が悪かった。しかし学芸員の柳原さんは野暮ったいが、誠実に県内を案内してくれた。二、三年前、京都で個展をした折、やってきてくれた。そぐわないね、美術館長。なに、亡くなったのか、まだ若い。近ごろ、老いも若きも、ともかくぼくの前を通りすぎて、消えちまう。

5月1日

柳原さんの家族に宛てて手紙を書く。あの朴訥な感じの柳原さんに家族があったんだ。ぼくは、人を訪ねなくなってから、誰しも独り、家の中に居るものと思い込んでしまっている。

中国の古い掛け軸にある、渓谷の傍らの庵に、独り白髪の翁が坐しているあれだ。今のぼくはあの老人か、何も耳に入らんという事。

5月2日

今日から九州、枕崎でぼくの展覧会。近ごろ、いろんな所でぼくの展覧会。それぞれ出品作は違う。長く生きたせいで在庫はいっぱい。

5月3日

美校の同級生の一人として、今度は別の美術雑誌で、稗田一穂の原稿依頼。わずか二枚たらずの追悼文。真っ正直な男だった。お互い、殆ど会話もないのに、会うと妙にほのぼのとした。

夜、千里の家族がやってきて、久し振りの晩餐会。娘の慶ちゃん、かなり学校に馴染んできたな。御亭主、首の凝り、今いち。

そうだ、以前、家庭という小さい社会に、ぼくも住んでいた。ずっと、ずっと遠い以前。

5月4日

頬の肉すっかり弛んで、男女の区別、おぼろになりかかっているが、今朝の体重は減っていた。徐々に薬が効いてきたのか。脚のむくみ、見るからに象の足、じゃ困る。いやそれより血液、さらさらになってくれないと、命にかかわる。年を取るにつれて、命への未練。

5月5日

昨日、その前の日と、日光浴をした。今日は雨が降っている。今、描いている絵とはかなり付き合っているが、いかん。どうしても色がのらん。入らんと言うのか、描くほどに白けてくる。

近ごろ、これじゃ死ねん、と体が愚痴り出す。

5月6日

こんなに手間どるなら、もう原稿を引きうけちゃいかん。ともかく稗田一穂には〈さようなら〉を言おう。ここまで生きていた同級生は、中学で一人、美校で一人の貴重なものだった。

昨日に引き続き、いくらか肌寒い。小雨模様の寄る辺なさ。

5月7日

二、三日まえから、やたら睡《ねむ》い。大丈夫だろな、コロナとは関係ないだろな。

午後、みぞえ画廊の阿部さんやってくる。実直な若者なんだろう。

5月8日

昼の飛行機で鹿児島へ。二時間も縛られて大丈夫か。百歳を超えてから、自分のふんばりは当てにならん。体の方が勝手に対応を決める。

九州の南端、枕崎へ、空港から高速で、またしても二時間。途中で尿意、こらえきれず、ガソリンスタンドで、トイレへ。

トイレで独りになると、ウンチまでしたくなった。そのためには一段高くなった前方へ上って、しゃがむしかない。この姿勢、この年には無理。

旅先、何が体に起るか分らんと気にしていたが。

5月9日

何年か前まで、審査で来るたび泊っていた旅館、〈岩戸〉。審査員の仲間たち四、五人、飲んで悪態吐いて楽しかった。

若かった日に触れる。取り残されたような自分を見つける。

5月10日

南支那《シナ》海を見おろす丘の上の南溟館。公募展を開いていたこの会館で、今はぼくの個展。アトリエの倉庫の隅々から、掻き集めた四、五十点の水彩画と油絵と。

夜は大勢。ぼくたちのために、広いレストラン貸し切り。他愛なく楽しい、どこか南国の香り。

5月11日

描いてきた自分の過去を眺める旅。おれはこんな絵を描いてきたのか、こんな絵描きだったのか。

アトリエの倉庫から絵を一枚一枚運び出すたび自分を眺めている。

5月12日

素っ気ないアトリエ、二日たって、今日はいつもの仕事場になった。一日でも二日でも入らないと、アトリエは知らない空気が占めてしまう。

5月13日

お向かいの工事。近所の人あつまって、不安を訴えてからしばらく経つ。以来、工事はやりかけのままだ。これも気になる、悲しい風景。

財務局職員が決裁文書改ざんに加担させられたとして自殺。その妻が国に訴訟。おれだったら、どうするだろう。その職員だったら、その妻だったら。

ずっと気になっている。まさか知らんぷりじゃないだろ、国は。いや国は公明正大にやってゆけるほど、単純なものではない、と言うか。

5月14日

いつものメンバー、倉庫の作品、吟味。今日も賑やかに多忙な一日。

5月15日

ワクチンについては今いち。新聞見ていても、効能書きの一方で、感染者は増加の一途。これらの情報、ひっくるめて自分で判断しろ、と言うのか。慎重に、かつ迅速に、と総理大臣は教えてくれるだろ。

5月16日

薬の効果か、体重、じわりと減ってゆく。ふやけた顔が、いつもの人相に戻って来るのは嬉しいが、自分の力でこうはならんか。

5月17日

アトリエに積み重なったスケッチブックの整理に財団の連中やってくる。

フランスとスペインで描いたデッサン。風景の違い、いずれにせよヨーロッパだから、といった曖昧さ。描いた時期もそう。いくらかぼけてきた。

5月18日

夜おそく、台所で食器を洗っていると、ふいにドアが開いた。

千里が、ずっと電話していたそうだが、ぼくが出ない。ＦＡＸで連絡しても応答はない。胸さわぎがして、タクシーで馳《か》けつけたという。

独り暮らしのぼくが、二、三年前から心配らしい。人に見守られなきゃ暮らせないのか、いや独りで暮らせなくなっても命に執着するというのが、おかしいのかもしれん。

5月19日

区役所からワクチンの連絡が入った。今のぼくにとってはコロナも半信半疑ならそのワクチンも今イチ。

しかしワクチンの日を指折り数えて待つ。おかしいね。

5月20日

どこかで見たような絵が出来た。日本列島の地図に似ている。太平洋の端っこに防波堤のように延びて、日本海に挟まれる。

そんな意図はないが、無意識に、かつて眼に映ったものを、なぞっているのではないか。

5月21日

アーティゾン美術館の平間ちゃん。運送屋さんと一緒に、ぼくの大きな作品をトラックに積み込む。

こんな時代が来るとは思わなかった。装幀、講演、たまに作品。よく食い繋いできたものだ。

5月22日

先月だったか北九州市立美術館でのぼくの個展を観た人が、買いたいと知人を介し

て言ってきた。
ほどほどの大きさの絵を送り出した。気に入るか。もしそうでなければ、大変に気の毒な話。絵には可哀想。
絵画は高級な商品か……、所有できる芸術か。

5月23日

朝、夕の食事あと、こんなに飲んでいいか、と思うくらいたくさんの薬。薬の方も、その気なのか、なかなか袋から出たがらない。最後の一粒。ちゃっかりと居座るのだな。ときどき自分に思い当たる。

5月24日

川っぷちを辿ると十分くらいか、いや二、三十分。ともかく歩いてみよう。ギャラリー呉天華。藝大でぼくの教室だった連中の小品展、以来だ。
二、三年まえは平気で歩いていた。弱ったもんだ。ここまでの行程が精一杯だとは。

5月25日

夕食後の薬、飲んだか。飲むのを忘れたか。ベッドに入る頃、気になってきた。日常的な習慣になってしまうと、無意識のうちに、すべてが進む。しかし、たった一、二時間まえのことが記憶から外れる、というのは、どういう事か。二十年や五十年まえの事も忘れずに、ありありと情景が浮かんでくることもあるのに、いったい脳の仕掛けはどうなっているのだろ。

5月26日

久し振り、クレアーレの人たちがやって来る。宿題になっていた体育館の壁面の仕事。これはぼくの郷里、飯塚市の依頼によるものだ。

同市の子供たちの絵の中から陶のレリーフを作って壁面にと考え、まず今日は、わんさと集めた絵から選出。

5月27日

時間割のような工程の日々が、このところ続く。昼までアトリエ。昼食後、昼寝。それが終わって、手紙を書くか、絵のつづき、依頼の原稿。ないしは読みかけの本をぱらぱら。

5月28日

夕方、近くの画廊の岩本さん、山椒を持ってきてくれる。彼女の家に生えているらしい。無邪気な顔、歳をとらないんだな。お父さんは美校で、ぼくの上級生。

5月29日

夕方、千里にすがって近くの公園まで歩く。道に落ちている広告紙に、輝く未来、と書いてある。オリンピックをあおっているのだろうか。

5月30日

画面にお化けが居なかったら、絵とは言えん。今までどうして気が付かなかったのだろう。そうだ、夕暮のアトリエで、この世の見納め。イーゼルにかかっているこの画面に、お化けの棲家を捜してみた。

夜のベッドに入ると、ルドン、ゴヤ、それからフリーダ・カーロやベーコンが浮かんできた。

5月31日

画廊が絵を買いにやってきた。ぼくにとっては珍しい。絵描きは職業じゃない、と前にも何度か愚痴った。

6月1日

今までその日暮らしで過ごしてきたが、貧乏をした覚えもない。

6月2日

コロナ予防のワクチンを受ける日が来週になった。予防になるんだろうな。コロナにやられないで済むんだろうな。なにしろぼくのお化けたちを皆に見せなくちゃならん。一刻も早くだ。それまでは生きてなくちゃ。

6月3日

朝食のあいだに、眼を通す新聞に、このところ、やけに時間をかけている。読むというより眺めている。活字に見入っている。どだい食事に時間が掛かりすぎる。食べるというより、これも眺めている。アトリエでは画面に向かって描く、というより思案している。つまり眺めている。

6月4日

これは少し暑いんじゃないか、と引き出しからシャツを引っぱり出して着ていると、千里が、それ暑すぎじゃないの、と違うのを出してくれた。

これは外出《ヨソ》行きじゃないか、立派すぎる。千里が教えてくれた。今はねェ、ヨソ行きは要らないの。

6月5日

いつ頃からか、筆を洗わなくなった。筆にかぎらず、よろず不精になった。かちかちに固まった筆で、そのまま描いている。我慢して、ずっと続けているから、仕事が捗らん。愚痴りながら毎日過ごせるというのは、痴呆症か。

6月6日

人間の貌や姿を描きたい。数年まえから、その思いは募ってきているのに、画面に入り込めない。具体的に目鼻口と説明図になるほど、貌は遠くへゆく。

いつまでも同じ思いを繰り返している訳には行かん。別れの日は近づいているのだ。

6月7日

ワクチン予約の日が明日と迫った。コロナに殺されるのは嫌だ。一刻も早く打ってもらいたい。

いやそれは危ない。と親戚のフミ君が言う。イギリス人の女房共々、ぼくに思いとどまらせようとする。

6月8日

朝、十時半、すぐ近くの診療所。ワクチンの注射は、一瞬に終わる。

前夜、風呂に入り、今朝は髭を剃り、ともかくも期待と、いくらかの反発と。なんのことはない、これが謎のコロナに対する闘いか。

ぼくは注射恐怖症。いずれにせよこの一瞬で、蚊帳の外から、一気に蚊帳の中で守られる身に替わる。

いいんだろな。騙されてるんじゃないだろな。コロナという人殺し。

6月9日

机に向かうたび、残されている手紙類、今もって思案している。この一通一通に短い文章を添えて送り出すには、ずいぶん時間が掛かる。

不義理は長生きの秘訣だとある先輩が教えてくれた。許して下さい。あなたから実行させて下さい。

6月10日

亭主が遠いところへ行ってしまった、と神戸にいるミカエラから電話があった。ミカエラは日本人だが、亭主のチリ人、死に切れんだろな。異国で息を引きとる。このところ、いろんな人の訃報が入る。あらかたぼくの知りあい、〈淘汰された〉というのが実感。だから遠い以前のこと、戦争や、その前後、いろんな情報源として、ぼくを狙ってるみたいだ。

6月11日

知人がおいしい昼飯を持ってくる。そう聞いていたので、朝から何となく待っていた。

昼になっても現れない。やってきた千里を問いつめると、それは夜だと言う。聞き違いか、言い間違いか、このところこうしたトラブルが二人の間で起こる。ぼくの頭のどこかがたるんできたのは確かだ。

夕方、荻原さんが、鰻を持参。電気の明かりの下に集うと、もうかば焼きの匂いに、うっとり。

6月12日

食事のときだけ台所に行き、あとはソファに寝転んで、一日が経った。本を読むでなし、頼まれていた原稿を思案するでなし、ただぼんやりと目を開いている、というのも、妙な芸だな。焦りもない、空しさもない。

年寄りの順にワクチンを打つはずだな。生かしてても、息をしなくてもこの世に変わりはない。

6月13日

日曜日になった。ワクチン注射の跡も、いい。脚のむくみは少しずつ減ってはいる。

夜、眠る前、アトリエに入ってみると、こんなはずじゃなかった、ひどい画面。

6月14日

みぞえ画廊の阿部さん、若者を連れてくる。かなり大きな絵から手頃な大きさまで、丹念に梱包して持ち帰る。

寄贈したり、いくらか売却したり、倉庫はほとんどガラ空きになった。これでぼくは後の人に迷惑をかけずに、この世を去ることが出来る。

いや、長く生きたあと始末。まだまだあるはず。それにしても絵描き、職業のジャンルに入らないと、はっきり判った。

6月15日

マラソンランナーのように、あたりの人はぼくの年齢を見守っていたんだ。ゴールの百歳は少しずつ近づいてきた。みんなの声援は熱を帯び、去年の暮、遂にテープを切った。

面白いね、あの拍手を贈った人々には、ぼくはもうただの年寄りでしかない。いつまでもお達者で。これは捨て科白だな。

気は楽になったが、どうも余生のような僥さも植えつけられた。

6月16日

毎日新聞の若いカメラマン、二時の約束。今ようやく、この背丈になったというくらい若い。百歳の人たちを訪ねて、という企画らしい。

それにしては、少しまごついている。ぼくは老人らしくない被写体か。インタビュー、大丈夫か。

6月17日

百歳のゴール以後、なんとなく解放されたような気分になっていたが、知らずにぼくは明日に向かってというより、過ぎた今までを振り返る日々に追われだした。

6月18日

枕崎の南溟館から、先日の展覧会の作品が返ってくる。担当の橋元さん、心からぼくの絵を支援してくれてありがとう。作品、三、四十点、例によって財団のメンバー、倉庫に収めるので集まってくれる。

作品と言うから聞こえはいいが、大きな荷物を好き勝手に作っては溜めこんで、世のためには厄介かもしれん。

6月19日

本棚に並んでいる画集。どれを引き出してみても、この世のものとは思えぬ摩訶不思議。

今日まで描いてきた自分の絵は、みんなこれらの模倣だと気付く。

6月20日

依然としてお向かいの建物壊し跡の、無惨。やけに力ある。ここ数日、なにかといえば玄関のドアをあけて、見入っている。絵って何だろう。

雨、少し冷えてきた。オリンピック、止めればいい。それだけ朝から頭の中を離れない。客を入れない場合もあるというが、競技者と応援する人々とが居て、競技は成り立つものだと思っている。これは人間の体の能力と各国の競技を競うもの。

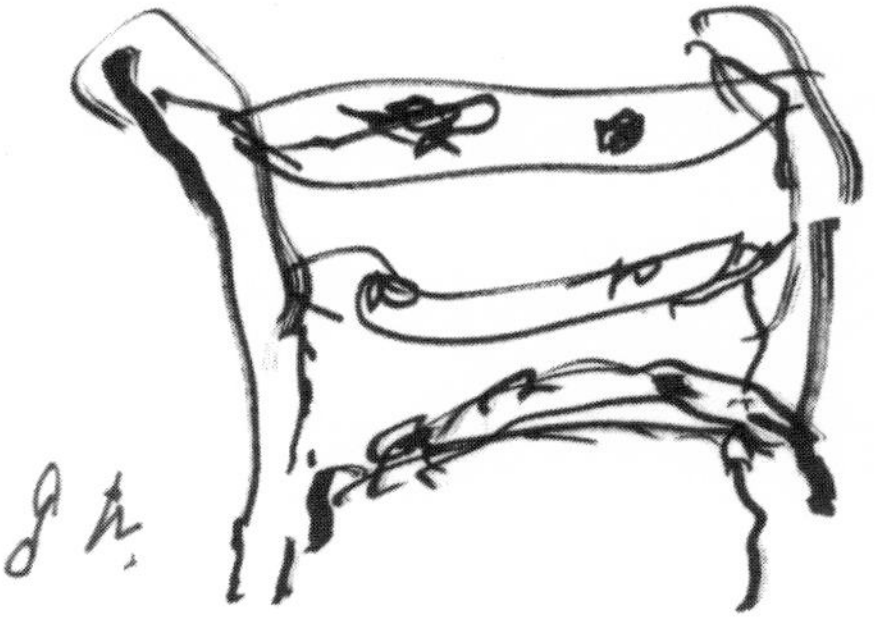

6月21日

一ヶ月振り女子医大で検診。いつものように、先生はデータを眺め、転ばないように気を付けて、と言って終わり。

6月22日

「戦争体験者として伝えたい言葉」。西日本新聞から依頼の原稿。ぼくは短い軍隊生活だったが、今となっては、それすらも貴重になるくらい、当時の人は少なくなったのだろう。

どう伝えればよいのか、体験者によって、かなり違うはず。なにしろいろんな役まわりの世界。

6月23日

体の動きが、ぎこちない。このところ、いつもと違う感じ。

はてな？　一日が終わろうとして、ようやく気がついた。ズボンを前後、間違えて履いていたんだ。終日ずっとそれで通せるなんて、性別もおぼろな年寄りになったんだ。

6月24日

ワクチン、もう打ったなら仕方ないが、二度目は打たないでと、フミ君から言ってきた。真剣に訴えている。フミ君からは、ワクチン否定の本を送ってきた。おい、ワクチン、お前、なに者か。ぼくは今の日本の為政者を信頼していない。

6月25日

劉麟玉さん。関西の大学の音楽史の先生。台湾生まれの女の人。難しい漢字だからどんな人かとぼくは緊張した。

ぼくがパリで親しくしていた許さんという作曲家のことについて尋ねたいとの意向。困ったなあ、許さんとは同じアパルトマンにいたが、音楽はまるで判らん。それはどうでもいい。向こうでの生活について、との質問。

古い話だけど、よく覚えている。さっぱりとした気性。優しかった。台北で久しぶりに会った時は嬉しかった。

6月26日

財団の人たちやってきて、またしても倉庫にある古い絵、古いスケッチブックの整理。ぼくはズボラな男だが、それでもずいぶん作品があるものだな。長く生きてきたせいだろ。

6月27日

戦争中の日々で、記憶に残る言葉、ないしはそれにまつわる出来事。新聞社の依頼には、〈戦争体験者が少なくなる中、後世に戦争のことを伝えるため〉とある。

ぼくも伝えたいことは山ほどある。世の中、食べる物も着る物も欠乏してゆき、結果、人間は不信に陥る。ある意味、敵の爆弾よりも怖い。

僅かの枚数では頭の中、整理つかないほど書きたい事があふれている。

6月28日

久し振りに反省会で、銀座に出る。以前は皆で旅行を楽しみにして、方々を訪ね、また、集まって反省会と称し、次の候補地を持ちよる。今はどこに行けなくても、反省会だけは続けている。しばらく会わないと淋しいんだな。

数少ないメンバーから三人、亡くなった。残ったメンバー、気がつけばかなりの年齢。一同、消えてゆく候補者の集いか。

6月29日

朝のうち、近くの診療所で、二回目のワクチン。止めろ、とフミ君から警告を発した手紙を受けながら、国の方針に従った。確たる拠りどころがある訳じゃない。

6月30日

朝、近くの診療所の先生、来訪。昨日打ったワクチン、どうだろうと心配してのこと。百歳になると、みんな労ってくれる。
言われると少し腕が痛む。フミ君はワクチン反対だったので、先生にそのことについて伺う。何にでも完璧ということはないのですという結論。

7月1日

今日よりGalerie 412で個展。個展といえば今の生活からの所産と思い込みそうだが、なんとぼくがパリに行った一九五〇年代の初め、三十代前半。懸命になってパリの建物を鉛筆で写していたスケッチブック。ずっとしまい込んでいるのを、子供のいないぼくは手放すことにした。どんなもんだろう、かなり地味な素描展。

7月2日

昨日は大勢の人と会場で会った。気がつかなかったが、今日は何もする気にならん。年寄りというのも、あまり楽しいもんじゃない、真剣に深呼吸をして生きているようだ。

7月3日

千里、ワクチンを打ってもらう。体が苦しいらしい。ともかく彼女に寝込まれると、このアトリエで、ぼくは動けなくなる。

7月4日

かつてのオリンピック名場面、テレビは、あおっているが、今年のオリンピック、止めた方がいい。地球規模のコロナの最中、今からでも、止めにしろ。結果はどうでも、一《イチ》、八《バチ》、賭けるもんじゃない。

7月5日

どうもいかん。明日は確実にやってくる。しかしその先が、ぼやけて来た。明日から先の展望が利かん。

7月6日

山ちゃんに手伝ってもらい、本棚の整理。二度と読まない本、どこからか、まぎれて入ってきた本、明日のために残しておく本。例によってぼくは煮えきらん。毎日でも見たい画集、大事に本棚の正面に戻したが、いつまで生きるつもりか。

7月7日

明日から糸島の仕事場へ替わる。引導を渡すような歯切れの悪さで、三枚のキャンバスにサインを入れる。

7月8日

おかしい。すぐにもトイレに行きたくなる。羽田から飛びたつ直前、機内で一度、それでも福岡へ着陸前から我慢できなくなるくらい、落ち着かん。
洩らしてもいいというパンツを履いてきた。だから歯を食いしばらなくていい。そう言い聞かせても長いあいだの習性、生理。目を白黒させて糸島に着いた。

7月9日

早くもテレビの修理屋さんがやってくる。玄関口にあるブラインドも壊れているから、これも間もなく来てくれるだろう。しばらくぶりだから千里はまごついている。忙しい。
蒸し暑く梅雨のおわりらしい陰気な雨。それでも昨夜から今朝まで、よく睡《ねむ》った。やはり木々に囲まれた岬の、静かな空気のせいだろう。

7月10日

アトリエにキャンバスの大きいのがない。なんとなくキャンバスの大きいのが壁を陣取っていないと、向かう敵がいないような、闘志がカラ回りするような。

頼まれていた原稿。オリンピックについてのぼくの思い出、意見、所見、何なりと三枚。まさか新聞に載った文章を、政府が利用する、というような事はないだろう。今の政府はうす汚い。こっそりとやるか、打ち出して言葉を利用するか。ぼくみたいな一庶民の言葉まで掬いあげそうな姑息さだ。

7月11日

遠く都を離れた。そういう実感。波のざわめきもなく、誰彼に連絡することもない。この土地、一人の友人も居なくなった。

7月12日

ＲＫＢ放送より取材、午後三時。もう幾度となく、パリにまで同行したカメラの青木クン、少し古株らしい振る舞い。

インタビュアの女性、この人とも馴染みのはずだが、近頃、女の人の顔、どうしても忘れる。マスクのせいにしよう。

7月13日

夜の御馳走、持参で弟夫妻、やってくる。この二人とも、もう長い付き合い。話すことは何もない。ぼくは子供がいないので、いつまでたっても弟を子供扱いする。弟も八十三、四になるか。

7月14日

いくらか凌ぎやすくなった夕方、セルゲイさんの訪問。この三月に妻を亡くして、何を語る訳でもなく、奥まった眼窩が、ときどききらりと濡れる。

一緒に暮らしていて、一人残されて、追憶の日々。これは残酷じゃありませんか。人間はそのように仕組まれているんですか。

セルゲイさんは独りで写真を撮り、焼きつけて日々を愉しんでいる。また、来ます、と帰っていった。

7月15日

お昼近く、この近くに住む今井さんが、お寿司を作って持ってきてくれる。彼女の亭主は亡くなって、もうだいぶ経つ。この森林の仲間。

7月16日

ユキ子さんは、のんびり屋。一時ごろ、やって来てお昼の御飯を用意してくれる。いつも、誰かの眼が向いてないと、生きてゆけん。百歳とは、そういう年寄りだ。夕方、浜辺まで車で運んでくれる。今回ここに来て、はじめての海。

7月17日

誰彼、やって来て身の周りを世話してくれるのは助かるが、独りの時間をそがれるのも淋しい。

気になる原稿の方をまず片付けよう。テーマは「ぼくにとって何度目かのオリンピック」。

7月18日

お昼ごろ千里、東京から戻ってくる。足のむくみが、僅か四、五日の留守なのに心配らしい。普通に暮らしていて、命つきれば、その時を寿命としよう。

7月19日

みぞえ画廊。数日まえからぼくの展覧会。自分の作品に囲まれて、いろんな人と会うのは、好きじゃない。

7月20日

かつて戦没した、熊本県出身の画学生についてのインタビュ。RKKテレビ。このところほとんどのインタビュア、絵について、愛情や知識がうすい。

7月21日

オリンピック原稿。たった三枚なのに、ずいぶん時間を食う。フミ君とジュリーの夫妻が熊本から車を飛ばして到着。みんなで海っぱたに出る。志方夫妻がやってきて、シャンパンで乾杯。いつもの夕暮れ。刻々と赤い色が燃えるように、これは天と海との交歓。

7月22日

ようやくキャンバスが届く。今まで描いていた号数からみれば小さいが、今のぼくには手頃か。

7月23日

コロナは依然として猛威。その中でのオリンピック。すでに昨日から始まっている。無謀だよ、今の日本の指導者。いったい何を考えているのか。

7月24日

昨日から今日と、昼寝ばかり。午後おそく福岡市美術館に「三人展」を見に行く。菊畑茂久馬、豊福知徳、ぼく。

二人、それぞれ、ぼくに色んな思い出を残し、消えていった。二人は、終生イケメンの図々しさと爽やかさ。ザマーミロ、俺より先に逝くから、どんなこと言われても、反発できん。

日が暮れて、大濠公園近くの、小さなフランス料理レストラン。ドクター江頭夫妻と。

7月25日

千里がこんなにスポーツ好きとは知らなかった。朝からテレビに釘付け。否応なしの日本応援。ぼくはこの贔屓《ひいき》が好きじゃない。しかし贔屓なしでスポーツ競技を見るのも、面白くない。

負けた選手が泣いている。泣くがいい。笑うことも哭くことも多い方がいい。生涯の終わり近く、そう思うようになった。

7月26日

フミ君が、大学時代の先生夫妻を、熊本から連れてくる。この先生、ブレーメンの大学に通っている頃、小実ちゃんの娘のリエと家同士、仲良くしていたそうな。当時、リエはドイツ人の医者と結婚していた。玉手箱の煙の向こう。亡くなった人の物語。

7月27日

カーテンがぼろぼろになったというので、家具屋さん、見本を持ってやってくる。この家を建てて五十年、今から模様替え。俺はこの先、何年か。とてつもなく無駄なことに金を使っているような気もする。

7月28日

眼科に行ったのは昨日だったか、もっと前か。なにしろこの数日、朝、目覚めると眼脂が瞼にこびりついて嫌な感じ。

今日は、すっきりしている。ただの一滴、日に三回。薬って頼もしいな。

7月29日

テレビを点けると、ついオリンピックに目が行く。スポーツマンというのは大変。わざわざ人と競うことはないのに、業というのか、相手を打ちまかす事に命がけだ。自分がどれほど高く翔べるか、走れるか、泳げるか。

待てよ、絵描きは何だ。ニセ物の自然を作ってどうしようというのか。

7月30日

夕日のぎらぎらした海。日焼けしたトムソンが海からあがってくる。いい小父さん、有名なピーター・トムソンの息子。ゴルファーになってはいけないと、諭されていたらしい。頭の白くなったトムソン、笑っていた。絵を描くのが趣味。ぼくは父親から、絵描きになるなと諭された。

7月31日

ガラスのドアの外で、大きな鳥が横たわっていた。昨日の朝のことだ。もっこりした塊り、大きな翼が突き出ていて、これは死ぬものの形ではなかった。

今朝、そこに、何も無いのが、逆に無常感をそそる。

昨日、今日と、今井さんが昼の弁当を持参してくれて、喋りながらの食事。百歳と八十七歳の爺々婆々幼稚園か。

8月1日

起きぬけ、いつも体重計に乗る。ここ半月ほど、一定の基準を保っている。千里の眼に映るぼくの頬ッぺたは、僅かながらふくらんで、これでは困る。

体重計を信頼しているぼくは何と言われようと爽やかだ、しかし、そんなことがあるか。頬ッぺたは日々わずかながら、ふくらんでくるのに。待てよ。この体重計、壊れてるんじゃないか。

寿命計が壊れていて、百歳のまま止まってしまっているとしたら。長寿はめでたいこととされているが、死ねないとしたら。

8月2日

太陽が群がる雲を掻きわけ掻きわけ、煮えたぎる海に沈んでゆく。今日の光茫が、今わのきわの雄叫びをあげる。

いつもこの一瞬に、さよならの手を振る。

8月3日

モンコ、やってくる。千里の大学時代の同級生。このあたりの住人じゃないが、福岡市内にもマンション。今の若い人の生活、まるっきり分からん。

いや、生活も考えも、ぼくがエトランジェなんだろう。

8月4日

昼すぎ、英治夫妻やってくる。親父の法事の打ち合わせ。おそらくこれが最後の法事だろう。

上葛、古川、両君、東京からの訪問。共に浜辺に出て海水に浸る。以前、夏は一日とて泳がない日はなかったが、今はただ、ひたひたと脚を濡らす、海の切れっぱし。

8月5日

久留米市美術館。南薫造の回顧展、没後七十年とある。なに気なく一歩、会場へ足を踏み入れて、涙があふれてきた。

ぼくは美術学校では南先生の教室を選んで、五年間を過ごした。この教室は学生数が少ないので、広いアトリエをかなり気儘に使える。

この教室を選んだ理由として、人にはそう伝えていたし、事実そう思い込んでいた。

そうじゃない、ぼくは南先生のところに行った。先生は黙って懐に包み込んでくれていたんだ。あれから八十年近い歳月。

8月6日

せっかく街まで出て、テレビンを買うのを忘れていた。昨夜は文房堂近くの店で食事をしたのに。

ボケたな。わずかのテレビンの、それだけで絵は描けん。原稿の仕事、急いでいるし、やることは沢山あるが。

8月7日

昼おそく、悦子やってくる。頼んでいたテレビンを渡して、ニッと笑う。耳はまだ駄目なんだな。五十万かけて補聴器を作ったというが。悦子は姉の娘、生れて間もなく難聴になった。

いろいろ病院を捜し回っているうちに、七十七歳、絵が好きで、日本画を教えて気晴らしをし、食ってもいる。せっかく会っても会話がなりたたん。それでも悦子はここに来ると嬉しそうだ。

8月8日

雨、恵みの雨音が嬉しい。終日、ソファに長々と横たわる。これじゃ困る。仕事が待っているのに眠ってしまう。チキショウ。

8月9日

みぞえ画廊での個展、今日で終わる。終了一時間くらい前に顔を出すと、面白いね、ぼくと少しでも会って話をしたい、という人が行儀良く順番を待っている。能率的かもしれんが、何も個展会場でのこの秩序、面白くない。遠縁に当たるという人々とも数人会った。百歳の、余命いくばくのぼくに何を伝えたいのか。

8月10日

赤いカーテン。ぼくの趣味が変わったわけではない。今まで建設以来のカーテン、ようやく今日、取りかえる。知らない家にやって来たような変わり方だ。

ＲＫＢ毎日放送、またもやインタビュの続き。いつも決まって尋ねられる質問。

絵は月に何枚くらい出来ますか。答えようがない。いったい絵とは何だと思っての インタビュ。

8月11日

雨、かなりひどい雨。お昼をいつもの寿司屋でノンちゃん一家と。こんな日になって御免ね、と妹のノンちゃん、申し訳なさそう。日本人は天候の具合まで自分の責任のように謝る、と記されたサトウ日記の一節を思い出す。

8月12日

たえず雨。今朝の新聞に小さく載っていた中嶋弘子さんの訃報。パリで彼女に出会ったことで、その後が大きく動いていったことを、今になってつくづく感じる。

8月13日

雨。気付かぬリズムに乗って眠る。やたら横になりたがるのは、ここしばらくの体の具合のように思えたが、そのせいで一日が早く終わっていた。おかしなことに今日は、昼寝のあとの時間が、たっぷりと拡がっている。

8月14日

けたたましいベルの音で起こされる。電話か宅配か。なんと十時を回っている。お昼にはユキ子さんが来てくれることになっている。まごまごしていると午前が潰れる。

いやしかしこの豪雨。家が潰れてもおかしくない。道路を走れるのか。家にいるだけで闘いだな。姫島は消えたまま数日。

8月15日

短かい原稿が三つ溜った。近ごろ、たいして気にもしないことで、枕もと、夢うつつに苦しめられる。

8月16日

連日の雨。そのせいか朝の寝覚めがわるい。あと少ししか生きられないような息苦しさ。

8月17日

二、三枚の原稿、すぐにも書けると請負ったのがまずい。注文が束になって襲いかかる。

8月18日

福間のたまき、いたずら娘。仲間を連れ、御馳走つくって昼間を襲う。うちのカミさんの、クラブの残党。可愛いよな。

三時頃、加藤さん、やってくる。ぼくの絵を泌々《しみじみ》と見つめ、嬉しそう。ぼくにとっては嬉しくありがたい。

夜、千里の仲良しのハチ公、泊まりがけで来訪。富山妙子が亡くなったと、新聞社より連絡。自由美術で仲間だった、九十九歳。戦後の闘士だ。

8月19日

福岡文化財団で働いていた清家さん。二、三の建築家と現れる。銀行の天井にあったぼくのモザイク作品の移転、という厄介な作業を手伝っている。

磯崎さんの建物も壊され、四島頭取のコレクションも、かなり手放された。なに事も、今のままという事はないのだ。

8月20日

クレアーレの中野さん、海を目当てにやってくる。ぼくを何とか誘って海に入れようという魂胆。

藝大でぼくの教室だった坂口クン、友人連れで、ようやく晴れあがった海で泳いで嬉しい。ぼくは浜辺に寝転ぶ。

8月21日

九州国立博物館に若冲を観にゆく。江戸時代のお爺さんの描いた絵。これは不思議の世界。以前は、年と共に、こんな世界が覗けるものか、と思っていた。

8月22日

雨は一昨日からあがっているが、雲が低く垂れ込めて、うそ寒い。中野さんは、どうしても海に入らんと、気分が収まらん。

入ってみると、今頃の海は妙に暖かい。

練馬の、隣の西本さんが亡くなったと、連絡が入った。五十年まえ、ぼくが練馬にアトリエを建てた時からの隣人。盆栽屋さん。熱心にスケッチしては、はしゃい

でいた。今月はじめにも、スケッチに色を付けたハガキを送ってよこした。

8月23日

この数日、夕方は車で海っぱたまで運んでもらって、砂浜を歩く。いくらかでも脚の力を保ちたい。命、長らえたい。今まで思いもしなかった執着。

8月24日

みぞえ画廊が手に入れた絵三点。ぼくのサインが無い。近ごろ自分の描いた絵、忘れてるんだ。

8月25日

豊福知徳のこと、福岡県立美術館に原稿を送らねばならん。親しいような、よそよそしいような、つまり書くほどにはよく知らん彫刻家。しかしぼくが断ると困るだろうな。なにしろ、知ってる人がそういない。

8月26日

晴れあがれば真夏の日照り。

千里にしては珍しく友だちを自分の部屋に泊めて、もう一週間近い。どんなに歳を取っても、女友だちの話題は尽きない。レストラン、ケーキ、化粧、ピアス。

8月27日

この夏のはじめ、展覧会をした枕崎、南溟館から二人、お礼挨拶にと来訪。来訪といっても九州最南端から車をとばしてのこと。まだこうした、律儀な人々の世界がある。

かつての公募展を、再度、開きたいとの意向。もう俺は無理、勘弁してくれ。他の審査員、ほとんど亡くなってる。すべて新顔でなくちゃ。

8月28日

時代は変わっているはずだ。どう変わったかは、はっきりと分からんが、変わったことだけは分かる。ぼくは自分の仕事を押し進めてゆくだけだ、ぼくだけの課題。

8月29日

午後、千里は東京へ戻る。独りでは海っぱたへ出れない。砂浜のわずかな散歩は、ぼくにとって重要。これ以上、脚がもろくなると仕事が出来ん。追いつめられるなあ。

8月30日

いろんな蟬がいっぺんに鳴きますね、と片岡さんが言う。

ユキ子さんの運転が、ふいに停まる。あの紫っぽい花、なんて言うんでしょうね。

ぼくには何も耳に入ってこない。眼にとびこんでもこない。単調ないつもの道。中学のとき、博物の教師に、お前は草も木も見たことがないのか、ボタ山の裾を歩いて学校に来るだけか、とマジに叱られたことがある。何か大きく欠けたところがある。

8月31日

どうやって絵を描くのか、またしても忘れた。時々こういう他愛なく陥《お》ちこむ穴がある。

亡くなった鹿島美術財団理事長の追悼文を送らねばならん。深く知りあった人、行きずりの、それなり思い出を持った人。近頃、なんでこんなに別れの言葉ばかり。

9月1日

千里が東京から戻ってくるなり、またしてもテレビ、インタビュ、展覧会。いろんな仕事を背追いこんで、とにかくぼくは眠い。

9月2日

昼過ぎ、ＲＫＢ毎日がテレビ取材。引きつづき戦争時代の日々について。それはぼくも伝えたい。戦争は嫌だという日本中の声を、ぼくが肌身に感じた戦争を。

あえて言いたい、日本人は戦争に敗れたから、嫌だと叫んでいるだけだ。日本人は負け方が下手糞。戦争には負けないものと思い込んでいたらしい。

9月3日

雨になったり陽が射したり落ち着かん。昼すぎ日本交通文化協会五十周年記念とか、その一端、パブリック・アートについて、のインタビュ。

ぼくの入り込んでいる絵画とは、どう違うのか。

ここ数日のテレビ取材、ぼんやりと喋っている。

9月4日

今月末、三十三回目の父親の法要。これで両親の法事もおしまいと、弟が打ち合わせにやってくる。

この近在にいる者だけ集まろうと提案。コロナのうるさい時期、みんなに迷惑だろう。思えば親戚という輪、いまは薄れた。いや今まで濃密だった人間相互、知らぬ間に薄れた。

絵の好きな加藤さん、やってくる。あまりに好きで、とうとう自分の小さな美術館を作ったとか。そりゃ病気だ。加藤さんは、そう納得している。

9月5日

とうとう美容院に連れてゆかれた。千里は、ぼくの風采がよほど気になるらしい。ま、しかし言われなければ、風呂にも入らん、着替えも一切なしの爺々、困るんだろうな。

ケンちゃん先生一家が、お昼の弁当持ってやってくる。草月流のお花の先生、ケンちゃん夫妻。結婚の仲人役をぼくたちが務めた。カミさん生きてたら、今日連れてきた二人の孫を抱いて喜ぶだろ。子供好きだった。

動物園の柵の中みたいな賑やかさ。

9月6日

ゴム草履を買ってきてくれた。子供の頃から水虫に悩まされているので、素足にゴム草履で通している。パリ滞在中も大事に使い、擦り切れて、替わりを見つけるのに苦労した。

9月7日

ここ数年、秋には母校の中学で特別授業を受けもっている。しかし、もう無理だろう。断ったつもりでいると、学校から二人の先生がやってきた。続けてほしい、と言われるほどの効果はない。しかし食い下がられた。入れ替わりに、福岡県立美術館から二人。来年の十二月、所蔵しているぼくの作品で展覧会をやりたいとの相談。それまで生きていたらと返事した。ふざけている訳じゃない。日々衰えを肌で感じながらの生活。生きていたいが、キャンバスに向かったまま居眠りする哀れさ。

9月8日

仕事はかなり溜まっている、万端その準備は整ったのに、なんと居眠り。以前はこういうのを隠居といったのだろう。

厄介者だが、以前はこの世の経験者として、多少は名誉を保ってもいたと思う。

9月9日

東京から萩原さん、ギャルリー412の渡部さんやってくる。昼からRKB毎日、先日に引きつづき、撮影。絵を描いているシーンか。お芝居やらせないでくれ。それから海岸に出て、ぼくが、よろよろと散歩する場面。すべてのシーンが終わった頃、志方先生やってきた。マックラーレンと言うんだそうだ、乗りつけた車。この先生、いつもの事ながら、車からシャンパンを取り出して、海の家のテーブルに並べ、いつもの美事な手捌き。

9月10日

萩原さん達と喋って、海っぱたで夕日を見ながら歩く。小波は足に心地よい。

9月11日

この浜辺を、歩いている夕暮れのひと刻、なにを一途に生きようと願っているのか。昼間、キャンバスに向かったまま、なんの進展もなく。

9月12日

よく陽のあたる午前、日曜日だというのに、海っぱたは、誰もいない。ひたすら遠くからの風が通り抜けている。

昼すぎ千里は東京へ戻った。まだ倉庫の作品の整理は終わっていない。独りここに残っていると、海の碧、木々の緑。生きている限り、ここにいたい。

9月13日

昨日からの小雨模様。すっかり濡れそぼった景色。新聞を取りに郵便受けの箱を開けると、百足が丸くなって雨露を凌いでいた。

9月14日

ひどい雨の中、西嶋さんやってくる。テレビ局をやめて久しい。ドキュメンタリー映画を作ったので見て欲しいとDVD。「ジャーナリストは、なぜ国家の標的になったのか」と一行、添えてある。

西嶋さん持参の弁当で二人の昼食会。

引きつづき、ひどい雨。フミ君夫妻、やってくる。夜の弁当を用意している。なんという日だろう。

9月15日

バルコニーの先に拡がった海を見ている。海と空とを分ける姫島を見ている。そうだな、人間との会話は忘れたらしい。

9月16日

ずっと雨模様。ときどき曇り。仕事はパッとしない。

あれほど好きだった相撲、近頃、さっぱり興味がない。相撲に限らん、スポーツ、ほとんど見なくなった。わざわざ敵、味方に分かれて争うこともなかろう。

しかし贔屓なしの競技は、おそろしく興趣を欠く。人間は勝敗をつけるのがなんとも好きなんだ。

9月17日

久留米市美術館に「大地の力」展を観に行く。「九州洋画Ⅱ」と副題が付いている。西洋文化は島津から入って来たから、洋画家も薩摩に集中している。

黒田、藤島、和田、岡田。ぼくは美術学校でこういう日本の巨匠の何人かと触れ合った。

いかんなあ、お腹をこわしている。途中で何度もトイレに行く。情けない末裔。

9月18日

夜明け、呼吸が苦しく、このような心細さが続くのなら、もう目が覚めなくていい。

朝食を済ませてから江頭先生の病院に連れて行ってもらう。高速って心細い単調な風景。

土曜日、昼近い。急がないと午前中で病院はお休みじゃないか。病気とそういう約束していない。

9月19日

福岡市の美術館の一室で、水口政夫さんの遺作展。病院で息を引きとったのは、もう去年のことか。コロナが立て込んで、おしまいを見届けないままだと。絶筆は画面いっぱい、海から這いあがろうとする大きな亀。まだまだ描き続ける力がある。

9月20日

なにも敬老の日にちなんでいる訳ではないが、英治の車に乗っかって、父の出生地、野見山本家に、主を見舞に行く。九十三歳の爺々。

御先祖のように静かに横たわっていた。三十七瓩《キロ》という、あの敏捷な男が。

狭いベッドの中で、困ったような顔をしていた。

9月21日

午後は日経映像のテレビ撮影。なにしろ戦争に関する当時の想い。戦死者への追憶。ぼくとしては語りたいことはいくらでもある。テレビの一行と、そのまま鳥飼先生宅へ。中学の図画教師、ぼくはこの先生に、それこそ日夜を問わず指導を受けた。

先生はお寺を継いで、坊さんに。ぼくはその寺へ訪ねてゆく。寺の庭から、木々を通して麓の景色が望めた。

9月22日

去年で終わりにするつもりだったが、ぼくの出身中学で美術指導。もう声が続かない。途中で貧血症状をおこすと厄介。とも

かく応じる。

帰途、いつものように今中先生の家に立ち寄る。小学六年生のときの担任。ぼくが絵に集中出来たのは、この先生のお陰だ。

もちろん先生はとっくに他界。ぼくより十歳下の息子さんと会うのが年に一回の楽しみ。

9月23日

長崎県美術館の人が訪ねてくる。スペインをテーマにした作品を集めている。ぼくはパリにいた時、しばしばスペインを訪ね、一年間、住んでもいた。思い出の多い街だ。長らく住んでいたフランスよりも、思い出一杯の土地。その時の彼女たち、どうしてるだろ。

9月24日

昨日の夕方、ＮＨＫの首藤ちゃんが現れた。この人、ぼくがパリのプチ・パレで版画小品展をやった時にも、ひょっこり現れた。気楽に動く。

折あしくもＲＫＫ熊本放送が、先日の撮り残しを撮影中。好都合なのか、他社の仕事ぶりも興味あるのか。見学する。

9月25日
午後から父の三十三回忌の法事。これが最後だろうという。当り前だ。長男のぼくが百歳だから。
ただコロナの不安から、この近くに住んでいる者だけ集まる。幻住庵はいいお寺だ。生涯にわたって洒脱《しゃだつ》な絵を描いた仙厓和尚の古刹。
寺での法要おわって、みんなで会食、といっても、コロナのためガードで仕切られた侘しい集い。それでも気の合う奴、合わぬ奴、顔を合わすのはいい。

9月26日
フミ夫妻、昨日の法事に初めてのお寺の中や、庭のたたずまいに感動。英国人の彼女、喜んでいる。
妹たち、昨日、久し振りに会った誰彼の話をしたくて電話してきたが、なにしろ皆、九十代の婆々、耳が遠くて話にならん。訪ねればいいものを、自力では歩けん。

9月27日
朝のコーヒーを飲んだきり、ソファに倒れるように、疲れているというのは、朝からあまりにも口惜しい。

9月28日

ここ数日、まるで障害物競走。絵が描けん。昨日と同じ画面を眺めるのは空しい。向こうの島は、〈いつも今日〉の鮮やかさだ。

9月29日

ユキ子さんが手伝いにくるので、久しぶり姪の悦子を招んだ。幼い頃から難聴だったが、歳と共にひどくなり、今ではほとんど聴こえん。日本画を描いている。しばらく対していると、気が狂いそうに、疲れる。本人の孤独はどんなものだろ。自分だけの世界で日々を過ごしているわけだ。

ユキ子さんはアナウンサー。この彼女の音声だけ、かろうじて拾うことが出来る。

9月30日

指示された薬を服用して一週間くらいか。脚のむくみは驚くほど消えたが、止めて数日、またしても脚がむくみ、顔もふくらんできた。

10月1日

まだコロナ騒ぎの東京へ戻ることもなかろう。十月いっぱい、ここにいよう。蟬の声は聴こえなくなったが、ヤモリや百足が家の中に同居しはじめる。蜘蛛たちも戸外では疲れた様子。

10月2日

夕暮の海には太陽が今にも沈みそうだった。息をのむような一瞬、きまってぼくは大きく手を振る。アディオス。

今の一瞬の美しさに、じっとしてはいられない。

10月3日

週刊誌が電話で取材。百歳の実感、健康法。今後の予定、ならびに希望。

誰しも、朝になれば目が覚めるように、特別の思いでベッドから立ちあがる訳じゃない。結果、百年たったといって、それは僕が積みあげた訳じゃない。ひとりでにその歳月が経っていた。

10月4日

夏に戻ったような太陽。東京から遊び仲間三人、やってくる。かつてパリへ一緒に行ったRKB毎日のメンバーも集って、二台の車、連なってこの岬を、ゆったりと走り、昼を食べ、海のそばの原っぱでアイスクリームを舐める。夏の名残りの風だ。

10月5日

仲間共々、久留米の美術館。

数日まえにぼくは見ているが、今日は九州洋画の末裔として案内。しかしあとはもう続かないかも知れん。洋画という言葉は消えるだろう。

10月6日

本当か、クロちゃんが死んだ。知らない女の人からの一通の報告。

丸々と肥って、底なしの食欲。あんなにも元気な男が、藝大で僕の助手をしてくれていた、あのあどけないクロちゃんが。それから、会うごとに頬がこけて、人が変ったくらいに瘠せ細った。面白い発想の仕事。ぼくは期待していた。本人の思いはどんなだったろう。

10月7日

家の傷みを、あちこち修理してくれている河原クン、女のひとを連れてくる。アトリエに通すと、何ということはない、百歳爺々を珍しがっている見物人。世の中には、こんな暇つぶしの人間もいる。いや多い。

10月8日

午後、みぞえ画廊の阿部さん、顔を出す。この人は生真面目なんだ。いつも緊張している。

近ごろの、人との触れ合い方、断片的な交友。時代がそうなってきたのか、ぼくの年齢のせいか。

10月9日

今朝の新聞に、栃折さんが亡くなったと出ている。しっかりとした女性だった。フランス綴じの皮の表紙は、ルリユール。手数をふんでの仕事、沁々《しみじみ》と好きだ。九十二歳、そうだろうな。ぼくが名残惜しむ人は、すべて老境。

午後東京へ発つはずの、千里の部屋で雨洩り。壁がぺっとり濡れている。どこから洩れてくるのか、こうなるとぼくは取り乱す。老朽化でしょ、五十年も経てば。千里はヘンに落ち着いている。百年経った俺はどうなる。

10月10日

智子ちゃんが亡くなった、と娘さんからの手紙。その人のお嬢さんが藝大を出て云々。

ずいぶん歳月は経ったものだ。あの若々しかった彼女、九十四歳。ぼくの周辺を歩いていた人たち。このところ、今の世の中に見切りを付けたのか。

連絡しなくていい。誰にも気付かれずにぼくは消えてゆくのを願う。

10月11日

ここ数日、イーゼルの前に坐り込んだきり。なにも出てこない。

10月12日

自分だけの住家を捜そうとしているのか。実は、もうぼくはどこにも住んでいないのかもしれない。

10月13日

忙しかったわりには元気で、千里、東京から戻ってくる。

この世に生きて、余生という暮らしの期間があるのだろうか。何もしなくて、ただ寝そべっている日々。人生の終末がそうなら、あまりにも寂しい。

この海っぱたで二、三ヶ月、画面と向かいあったきり。ただ、それっきりだ。終日、寝そべっているのと、どこが違う。

10月14日

フミ君、ぼくと従弟の親父を、熊本から連れてくる。

アトリエの中を見て、絵を見て、どう褒めようかと戸惑っているらしい。いいんだ。勝手に描いているんだから。

しかし、描かなければならないものとは何なのか。自分に言いきかせるのも難しい。それほどにも拠りどころのないものに、日々を打ち込めるか。

10月15日

加藤さん、びっくりしたような眼をして入ってくる。どうしてこの小父さん、こんなに愛らしいんだろ。

若い頃から少しずつ買い求めた絵が、かなり溜まってきたのか、自分の美術館を作っている。作品の、その生まれた思いというか、エピソードというか、それを話してくださいよ、とお伽噺みたいに興味しんしんしん。

10月16日

目の前は海いっぱい。手前のバルコニイが、しっとりと雨に濡れているのが、どうしてこんなに嬉しいのだろ。久しぶりに風が動き、白波がたっている。〈お前はまだ、いいものを書きたいという欲望を持ち過ぎている〉。棚から落ちてきたルナアル日記の一行。

10月17日

知らない女のひとからの手紙。〈わたしの叔父、生きていたら、どんな絵を描いただろうか〉。「美術の窓」十一月号に早世の画家として出ているので見て欲しい。届いたばかりの雑誌を開くと、若くして世を去った、ある哀しさが漂っている。絵描きは駄目と言う親の蔭で、不思議と家の誰か、静かに応援する者がいる。絵とは何だろう。

10月18日

冬が来たような寒さ。過ぎるのが速いのじゃないか。いいものを描きたいと願っているわけじゃないが、どうしてこんなに追われるのか。浅ましく時の経過の速さを眺めている。

10月19日

やけにだだっ広く海が横たわっている。入ってゆける海じゃない、芝居の書割。ぼくの体が実態の景色から、はじき出されたんだ。

10月20日

横たわっている姫島へ向かって、白い船がぽっかりと浮かんでいる。この二、三日、この白さが美しい。

夜になりかかる頃、灯をともした船が走る。昼も、うす暗くなってからも船は小さな夢を投げかける。胸の中を一直線につっ走って消える。

10月21日

どうしても暖房が、言うことを聞かん。こんなに寒くなったのに。厄介なこと、千里任せにしているのも悪いが、今さら、い

ろんな器具について、とてもぼくは付いてゆけん。
千里、今は東京に行っていて、ぼく独り。

10月22日

セルゲイさんが若い女のひとを連れてくる。彼女が持ってきた絵。ぎんぎらの額縁、高いだろな。
先日やって来た絵好きという小父さん。ゴッホはいいですね、と言う。大金持ちですよと教えてくれた。絵の値段、何億ですよ。
今、生きているお爺さんだと思い込んでいる。世の中にはいろんな美術愛好者がいるもんだ。もう誰も来ないでくれ。

10月23日

日中のほとんどを、うとうとと睡《ねむ》っている。いや、それだけに目覚めている僅かの時間が尊い。だんだんケチな了見の爺々になってきた。

10月24日

千里、夕方、戻ってくる。ぼくの顔をのぞき、右の眼、どうしてそんなに飛び出してるの、は挨拶だな。
またしても体がむくみ始めたのか。もう地球がどうなってるかの話じゃない。

10月25日

千里の友だちがやってきて、昼、焼き牡蠣を食いに浜辺の、ビニール・ハウスに入る。
冬の到来か。寒い季節の牡蠣小屋。潮の香りが口いっぱいに拡がる。

10月26日

日が暮れて、近くの割烹料亭に招待される。呼んでくれたのは、ぼくの妹、弟たち。いずれも九十四歳、八十八歳、八十四歳だったか。ぼくの百歳を祝ってのことらしい。

10月27日

昨日の料亭に皆、泊まっていたので、朝、ぼくの家へ。屈託がない。
昼になって、浜辺の焼き牡蠣に、ぞろぞろと。それから妹たちは、この湾に沿った唐津のホテルへ向かって、さよならした。

10月28日

平凡社にいたアッコちゃん、村田さん、毛利さん、と連れ立って、焼き牡蠣を目当てにやってくる。せっかく訪ねてくれるなら、この季節の風情は見逃せない。海の世界を書いた小説で、最近、賞をもらった村田さんが、海にもっとも近い席。村田さん、食べることに夢中。どこにでもいる小母さんの風情がいい。

10月29日

海の産物も潮風も、ぼくはただ眺めている。以前はその中の、いわば登場人物だった。世の中という舞台で、ぼくの役は終わったんだ。あとは楽屋で寝転んでいればいい。以前はそう思っていた。しかし自分の出る幕がなくなると、寝転ぶ場所も失っている。

10月30日

藝大から手紙が来た。堺屋太一氏が、邸を美術館とした美術愛住館を、死後、藝大に寄付。それで歳開け早々、小規模なりの、きちんとした幕開け展を学校としては考え、百歳の爺々というところで、ぼくに眼を付けたらしい。ぼくは、もう発表はないと思い込んでいた。それじゃ今、描いている絵も早々に作品として纏めねばならん。余生が狂うな。

10月31日

舞台も楽屋にもぼくの寝転ぶ場所はない。この寂しさに耐えて生きてゆくというのは辛い。この寂しさの中に置かれて、絵はどうどう巡りになっている。

11月1日

先日やって来た千里の友人が、皮膚の痒み止めという薬を送ってくれる。彼女の御亭主も背中をいつも痒がっていたと。男は歳をとると背中が落ち着かなくなるんだな。背後に敵か。

11月2日

家の中で蜘蛛が、ぼくの近くを歩く。外が寒くなったのは分かるが、淋しいのかな。今日は目を覚ましたときから、木々も海も雨の中。

11月3日

仕事を一段落して、昼にしようと手洗いに行ってびっくりした。鏡の中のぼくの左眼、赤く染まって飛び出している。手伝いにやってきた片岡さんの運転で、開業している病院を探しに行く。今日はあいにくと祭日。

そうか今日は明治節。たしか明治天皇誕生日。違ってたかな。

11月4日

昨日より脚の運びが悪い。力が昨日より抜けたような心細さ。依然として左眼も赤い。千里が東京に行って、姪たち手伝いに来てくれている。

これがぼくには気が重い。時代は進んだんだ。丸薬一つ、口に放りこんでおけば、終日、動けるというような具合にゆかぬものか。ここのところ、白い船がやけに爽やかに洋上を走る。

11月5日

痒いところに手が届かん。いちばん痒い背中、いくら体をひねっても届かない。

もう千里と言わずお手伝いさんと言わず、背中に手を入れてくれるだけで、この世ならぬ恍惚。

11月6日

ぼくの体が右傾しているという。左眼はそのまま赤い。千里は不安がり、病院に、車を走らせる。

診察結果は良かったが、光線のいいアトリエの昼の時間はつぶれる。

昼過ぎ、加藤さん来訪。所有しているぼくの作品、その裏にこの絵のタイトル、年号、署名をとのこと。古い絵、懐かしい。加藤さんは大事にしている。ありがたいことだ。

11月7日

いつもの朝を迎えたのに、朝食を終えたとたん、睡魔にやられた。

昼過ぎのお三時、このあたりの面々、やってきて、また、来年会いましょうと他愛ない時間をつぶす。夏がおわって東京へ引き上げる前、一度はこうして集まる友情の面々。

11月8日

東京へ戻るまで、後五日。慌てても仕方がない、みみっちく筆を走らせるのは御免だ。東京で続きをやろう。

弟夫妻、やってくる。いやその前に河原クン、玄関からサロンまで僅か二、三段を降りるための手摺りを取り付けに来てくれる。簡素な部屋の感じをそこなう。あと何年かの代償。近頃ぼくは使用年数ばかり計算する。いや何よりも嫌なのは、弱ってゆくぼくの年齢につれて、家の中が変ってゆく事だ。

11月9日

久し振りに原田さんの家を訪ねる。海ぞいの唐津の方へ向かって二、三十分くらい走ったところ。グルメというのか、ともかく食いしんぼの主、手ぐすね引いてのおもてなし。

今日の昼過ぎ、フミ君夫妻の訪問を受けた。話が尽きぬと覚悟したフミ君。手紙を書いてきている。立ち去った後、読んで欲しい、とは周到なもんだな。

11月10日

帰京の準備。ここでの仕事は打ち切らねばならん。ユキ子さん、子供たちを連れてきて筆洗いや、画集の整頓、スケッチの始末を手伝ってくれる。こんな事まで人の手が要るのか、情けない。

11月11日

ここに滞在した四ヶ月の労作を梱包して東京に送り出して、またたく間にアトリエは何もない壁だけの空間。

昼すぎ加藤さん、やってくる。折々に集めた絵で、小さい美術館を作り、多くの人に見てもらいたいのだと。マニア病が昂じたのだな。

ここに住んでいるセルゲイさんと水口さんを訪ねる。パートナーを亡くして、まだ日が浅い。残されたそれぞれ、健気に寂しく暮らすよりない。

11月12日

吉田アズマのところを訪ねる。何年ぶりか。小山の頂上かと思っていたが、その上にまだまだ家が建て込んできて、アズマ、山小屋の小父さんみたい。

11月13日

半年近く、孤島で暮らしていたような気もするし、森の中、大勢の人のざわめきに明け暮れていたようにも思える。

西嶋さんが車で空港まで送ってくれた。果たして東京まで体は大丈夫か。眠っている間に着いた。案ずるより生むが易し。いつも自分にそう諭す。

11月14日

ひと夏の留守の間、家は手厚く労《いたわ》られていたようだ。

隣の西本さんがいなくなった。ひょいと顔を出しては笑っていたが、あっけなく息を引きとったんだと。

ついに両隣、黒々とした塊、静かだな。あまりの静けさに、逆にコミちゃんの唱う大声が聴こえてくるようだ。

11月15日

先月末の、藝大へ寄贈された美術館での、ぼくの小規模な個展でリニューアルオープンにしたい、と藝大の学長、他に数人、改めてご挨拶に来訪。

来年の一月と言えば、かなり先のようだが、あと二ヶ月。近頃ぼくは何だって他人《ひと》ごとのように聞いて、すんなりと請け合ってしまう。

11月16日

自分とキャンバスの間に溝ができたようで、ロクな仕事にはならん。

11月17日

絵の月刊誌を出している油井さん来訪。この人、何やら一途なところがあって嬉しい。何かおかしい。憎めない。

11月18日

絵描きと称す人間。こんなにもと思うほどたくさんいる。そうしてお互い、隣の絵描きが何で食っているかは知らない。

ぼくは絵の専門誌の人たちと、ほとんど交際がない。画商とも無縁。この歳になって、いや以前からそうは思っていたが、絵描きという隠れ蓑の下に雨宿りしている。

11月19日

近くの診療所で検査。脚の筋肉が弱っているとのお達し。いや自分でよく分かる。昨日より今日と。それでは困るんだ。

ぼくは立って絵を描く。以前はそうでもなかったが、すぐにも疲れるようになってきた。

午後三時、朝日、宇都宮支局の記者クン来訪。その地方出身で、戦死した画学生についての取材。その家族を訪ねたのは今から五十年くらい前。あれから随分、時間が経ったものだ。

しかし一軒一軒、克明な印象を残している。以前はあまり語りたくなかった。今、ぼくは問われると、当時の戦争の在りよう、世相、覚えている限り伝えるようにしている。

11月20日

左眼が赤く染まって、もう何日になるか。突如として真っ赤な血が口から出てきたり、お尻から流れ出したり、年寄りというのは、今が当てにならん。

千里はだんだん心配性になってきた。細かく気を遣うようになってきた。その癖、原稿の注文やインタビュ、今まで通り受ける。少しでも断ると、ぼくが世捨人のように後退してゆくのじゃないかと恐れている。

11月21日

絵は一向に進まん。ともかくイーゼルの前に立っていよう。明日に繋げるためにも、同じ姿勢を繰り返そう。

11月22日

雨。時間の経過のぼやけた薄暗い光りがいい。お向かいが空き地になって、もう何ヶ月にもなる。整地工事に近所から苦情が出た。以来、亡くなった隣の西本さん家は、ずっと窓を閉ざしたきり。これらの風景、妙に落ち着く。

11月23日

書庫の整理に来てくれた山ちゃんと夕食。日露戦争の歌を唱いながらワインを飲む。

11月24日

気が早いな。もう年の瀬のつもりか、喪中につき年始遠慮の通知がいくつも届く。しばらく疎遠にしていたが、そうだったのかとぼくは頷く。ぼくより若い人たちの逝去。

11月25日

長野で新聞記者をやっていた古い友人から喪中の報せ。〈義母が百八歳で他界〉なにかほっとする。やはり老齢の人たちの隠れたなりの社会がなくちゃなあ。

金剛寺の「日月山水図屛風」。美術雑誌に見つけて切り取った。この夏、太宰府の博物館に陳列されていたのを見そこねた。口惜しい。

11月26日

カメラマンの川津さん、助手を連れて、ぼくを撮影。年明けの展覧会カタログに載るとは知らなかった。

碧南《へきなん》市の美術館長、木本氏、来訪。上京してきたついでに、とか。古い道並、古い家屋、懐かしい集落だった。古い絵描きさん達の仲間に入れてもらって、この美術館に出品したことがある。

木本さんの語りには、あの懐しさがあって、僕が子供の頃のあけすけな会話を想い出す。

11月27日

来年初めの展覧会カタログに原稿二枚くらいとの注文。人はどうして絵を描くのか、といった事について。

厄介なこと。絵を描いている最中、そんなことに気を取られる。

11月28日

どうもお腹をこわしたらしい。不安だと、落ち着かん。明日はどうしよう、と取越苦労。

百歳にもなると異性への関心は薄らぐでしょうと来訪者に聞かれた。問われてぼくは、この夏からずっと過ごした唐津湾ぞいのある日を思った。

薄らぐと言えば薄らぐ。以前と同じです、と言えば言える。親しい女のひとの厚意にあまえて、裸を描いた。股間のさやぎがまぶしかった。風がほのかに舞っているような。

11月29日

久し振りに女子医大に行く。自分の体なのに、自分自身なのに、医者からどう宣告を受けるか、いつも戸惑う。

別に異常も見当たらず、いい先生だなと頭をさげて帰ってきた。

11月30日

近頃は絵と親しくなっている。目の前にあった堤防がなくなって、すぐにも歩いてゆける。海のような無限空間。

警戒しなくてもいいのだろう。たじろぐことはないのだろう。

12月1日

日経映像がカメラを持ち込んで、ぼくが絵を描いている現場を撮影。これがぼくは苦手なんだ。人の眼がぼくの筆の行く先を追う。

生まれてくるのは人の知らない孤独の営みだ。

12月2日

昨日に続き日経映像。嫌がるぼくを欺し欺し、キャンバスに向かわせる。おかしなもので昨日より気分的に楽だった。いろんなことを喋らされた。

ただ面倒なのは、ぼくの子供時分の説明。ガス、水道、電気、今とはまるで違う。どうしても人手がかかる。女中さんを雇っていたが、この説明が難かしい。やはり疲れた。

2021年12月

12月3日

北海道立近代美術館が、はるばると作品を運んでいった。これで倉庫の作品、整理がつく。

来月から始まる美術愛住館の個展カタログに載っけるぼくの挨拶文。たった二枚の原稿にどういう訳か手こずって今日は三日目、合間合間のせいもあるが、近頃、文脈がおかしくなった。

12月4日

反省会と称する仲間たちの食事会。久し振りに銀座で中華料理。飲める奴は一人か二人になっちまった。無理もない、みんな老人になった。

12月5日

引き続き僅か二枚の原稿。今日読みなおしてみる。やっぱり気になる。昼間をつぶしてしまう。整理がつかん。頭の思考回路、もつれてきてるな。

12月6日

ほとんど病気みたいに絵の好きな中村さん、遠藤彰子さんと一緒にやってくる。

いいアトリエね、と彼女は言うが、あんな大きな絵を描く人からみれば、こんな空間は駄目だろう。何しろ梯子を架けて、よじ登って描いているのだから。

12月7日

山ちゃんが週に一回、手伝いに来てくれる。千里が周到に手配して、日割りが出来ている。

食事の時に、絵の話や、男と女の話。もっぱらぼくが喋って、彼女、嬉しそうな顔をして聞いてくれる。

12月8日

九州最南端、枕崎の南溟館の人たち。上京したついでにと立ち寄る。老齢のぼくの様子を確かめ、慰労するためだろう、済まん。

ぼくはなかなか、それらしい老齢の仕草が身につかん。

12月9日

昼頃、上葛クンやってきて、程なく飛驒市の美術館からトラックが着く。

倉庫に収めていた作品、あらかた無くなった。さっぱりしたような、虚しいと叫んでもいいような、ただ余命いくらも残っていないのに、こんな事に関わって時間をとられるのは残念。

12月10日

インフルエンザの注射で近くの診療所まで出かける。なんと生きているのは手間のかかることだろう。千里に手を引かれて。

出かけに玄関脇のトイレに水流の音。しまった、昨日やってきた誰かが使った後、ずっと流れる故障。ほぼ一日、絶えずゴーゴーと。

眠る前に、たいてい家の中、点検する。つい怠ったその日に限って、というのは、よくある事だ。水を大切なものだと育てられた大正生まれのぼくとしては、湯水の如く流したこと、相済まん。

12月11日

来月予定の美術愛住館での展覧会。そのカタログの雛形を持って担当の女性二人、やってくる。色校正とか何だかんだ、ぼくはこういうの苦手なんだ。ただ出来上がったものについては意見を言う。もちろん皆には嫌がられる。意見、その折々に言ってもらいたいと言う。当然だ。纏まらないままに日が暮れる。

12月12日

噫々《ああ》日曜日。せめてこの日くらい絵を描かせてくれ。誰も来ないでくれ。

12月13日

打ち合わせ。

昼間は、ずっと愛住館の人たちやってきて、展覧会カタログ、一昨日に引き続き打ち合わせ。

あと四、五日の誕生日を何の都合だか、今夜、銀座のいつもの店。こじんまりしていて、ぼくらだけ六人で満席の九献。百一歳というのがいい、と喜ぶ。ぼくはどうでもいい。ただ涙ぐましいのは、いつの間に測ったのか、暖かそうな仕事着のズボンを誕生祝い。みんな、ぼくが生きているのを喜んでくれているんだ。

12月14日

暗い日、いちだんと寒く、小雨で庭はしっとりと湿っている。静かだ。相変わらず大きな宛名の文字で池田クンから手紙が来た。十七日に手術をするという。具体的に書いてあったが、ぼくには怖すぎる。あの陽気な男。ぼくの誕生日と同じ日、自分は生まれかわります、と笑いにもならんことを書いてあるが、生きものとは、死に向かって、たえず晒されているのだな。

12月15日

昼すぎ、みぞえ画廊の阿部さんと奥山民枝さん、やってくる。彼女はぼくを見ると、どこからでもかかってこい、と挑発的な、笑みを浮かべる。いたずらっぽい。

12月16日

ずっと前から新聞紙面に出ている、森友決裁文書改ざん訴訟。財務局職員の自殺に至る今までの経過。ぼくはこんな国に住んでいるのか。

ＲＫＢテレビ局。ぼくの百一歳を節目として、取材。演技の制作ぶりを撮影。

12月17日

午前中からＲＫＢテレビ。近くの石神井川に沿った路を散歩。

どうして絵を描くのか。何を描いているのか。折々にそうした質問、どう問いつめられても答えられん。

三時過ぎ、約束の日経映像のテレビもやって来て、以前から頼まれていたレリーフの仕事ぶりを撮影。

12月18日

朝食のパンを囓っているところを、RKBが早くから撮影。アトリエに立って思索の様子を撮って、これで釈放。

自由の身にはなったが、いや疲れた。午後いっぱい、ぼんやりと新聞用のカットを描いたりして過ごす。

池田クンの手術は昨日、済んだはず。

12月19日

日曜でも誕生日の贈り物が届く。いつ生まれたか知らない、と言っておけばよかった。以前の日本では、国民一斉に、元旦で一歳、年をとる。

この数日、それぞれの仲間が集まってぼくの誕生祝のケーキに灯をともしたが、これら西欧の真似。誕生を祝う日本語の歌はない。ハピイ・バースデイ・ツーユー。なんだかなあ。

12月20日

来月の藝大、愛住館での展覧会カタログ、いろいろ打ち合わせ。なんとも御苦労さん。

昼すぎ兵庫県立美術館、修復研究所。譲渡、修復の作品。次々にやってくる。

12月21日

久しぶりに、画面と向かいあった気がする。脚は弱ったし、絶えず睡気はするが、すべて自分の時間。これで食事さえ作れれば、ずっと独りで暮らせるのに。

12月22日

たまに夕食で立ち寄るオーバカナルで、千里一家と晩餐会。娘の慶ちゃんとぼくの誕生祝い。慶ちゃんは、暖かそうな室内用の靴下をプレゼントしてくれた。そうか、ぼくも、それなりの贈り物をして、喜ばせるべきだった。

ぼくは人への愛情が大きく欠けている。脇目も振らず、ずいぶん身勝手に生きてき

たものだ。百一歳って、長いよね、と慶ちゃんがいう。

12月23日

今日は暖かいのか寒いのか。山ほど仕事が溜まっているのか、する事はないのか。眠っているのか、仕事に向かって、じっと睨めっこじゃ埒があかん。

12月24日

来月の、個展に出す絵を、運送屋が運び出す。午前中で終わったが、いつもの、ぽっかり抜けた空間の寂しさ。

じっと坐り込んだアトリエの一隅で、日が暮れても、動く気がしなかった。

12月25日

芝野夫妻、やってくる。ぼくの書いた本をどっさり並べて、著者のサインを入れる。贈る人のサインも入れる。みんな知人、友人、肉親へ。

12月26日

いちだんと冬の寒さ。老人のせいもあるだろう。ともかくぼくの手、ひやりとするほど冷たい。血が通っているのか。

12月27日

愛住館。ぼくの助っ人たち、個展の飾り付けに、今頃大変だろう。なにもかも、人頼みになった。暗くなりかけた頃、千里と山ちゃん、疲れた顔してやってきた。個展は来月に入ってのことだが、三十日にこの会場でヴァイオリンのコンサート。

12月28日

急がねばならん仕事は今のところ何もない。多くの約束は脚元に食らいついているけれど、今は両手を拡げて大きく息を吸い込もう。

12月29日

夜明け、トイレに近づいて、脚がもつれ、後方へぐらりと倒れた。大丈夫か。体が落ちていくのに、脚はもう半分の力も失く。二本の脚が、一本にされたようなものか。

12月30日

愛住館で三時から藝大、音楽部によるギャラリーコンサート。おしまいに演奏されたメンデルスゾーン。

かつて、戦死した画学生の実家を山口県に尋ねた折、もしも死の報せが届いたら、メンデルスゾーンのレコードを終日、流してくれと頼んで出征した上級生のことを思い出した。

12月31日

ぼくの財団のメンバー。明日は正月、独り者は今宵、ここで年越し蕎麦。千里の一家も加わって、総勢九人、賑やかなこと。

御亭主と、ぼくだけが男。今の女性群、しっかりしていて、それぞれの部署の中堅。酔っ払っても堂々。

2022

1月1日

百一歳。一世紀というのは、たいへんに長いように思うが、なに、ぼくはついこの間、生まれた。正直な実感。

しかし記憶している幼いときからの世の中、今の人々に正確に伝えようもないくらい変わっている。水・火・明かり。やはり百年は長い。

年賀状が、どさっと来た。

1月2日

どういう思い。一度だけ顔を会わせた人。しばらくは文通もしたが、それっきり途絶えた人。未知の人。今は誰と会いたいとも思わない。

1月3日

気軽に生きている。誰にもわずらわされず、独りゆっくりとベッドに入って、生きている、ことさえ忘れて眠りこける。

この充足感というか、そうだ、あの責め苛まれたかつての欲情が、ゆったりと夢の中で匂ってくる。

1月4日

寒中見舞の文句を考える。急にあわただしい。描きかけの小品並べて、何でこうも落ち着かんのか。

1月5日

アドレスブックをまたしても広げる。年賀状の整理に関わり、いつもと同じ感慨にふける。交友と、ひと言でくれないそれぞれの人間関係。

モーパッサンの『女の一生』。晩年を独りベッドの中で、かつての手紙を読んではもの思いにふける。

十七、八のころ読んで、老人は寂しいと思ったが、あれに似ているな。ぼくの、ここ二、三年。

1月6日

朝からちらついていた雪が、そそのかされたように勢いをもち、白い世界に替わる。

いつだったか、朝、起きたとき右眼の右端、おぼろに見えなくなって入院させられた。あれに似た兆候。千里、休みだったけれど電話で頼み、救急車で女子医大病院に連れていってもらう。
酸素を吸っても、二酸化炭素を吐く力が弱いとか。よくは分からんが、ベッドの上で、どう処置されているのか、ともかく苦しい。呼吸困難。こうまでして生きることはないと思えてきた。
終わったときは日暮。雪はしんしんと降っている。老人の俺は、それなり健康なんだろうか。ここいらで見切りをつけなきゃならんのか。

1月7日

街は凍りついたようになっているらしい。新美術新聞の油井さん、夕暮にやってくる。千里が、お茶請けに出した干柿を、とても喜んだ。そんなに美味しいのか。絵がそんなにも人を歓ばすということはないのか。近頃、自分の仕事が味気ないものに思える。

1月8日

晴れて暖かい日。残った白い雪がきらきらしている。誰に呼びかける訳ではないが、外に向かって、おらびたい。

1月9日

昨日から寒中見舞。印刷された挨拶文の下に、それぞれ一筆の走り書き。これが妙に楽しい。おれ、もうすぐ、さよならだよ、と脅かしてもいいし、お前よりもっと長く生きてるからな、と憎まれ口たたいてもいい。

1月10日

リハビリの岡田さんにまた、来てもらうかな。いつまでも人との接触を恐れていても埒があかん。ぼくは弱虫だと、いみじくも千里、見抜いている。そのせいで今まで生きのびたのよ。

またしてもぼくは過去を辿り始める。空想みたいに。

1月11日

茅ヶ崎市美術館の人が来る。昼すぎ、広島の美術館。待てよ、以前、広島の美術館

には太田川を描いた作品があるはず。

あれは現代美術館、うちは県立美術館。広島市内には幾つも美術館があった。ともかく南薫造の出た土地。ぼくは美校で、南先生の教室だった。

またしても過去を辿り始める。

1月12日

今月末からの愛住館個展、その案内を寒中見舞のハガキと同封して送るつもりが、封筒がたりなくなった。

焦るよなあ、この先そうゆっくり生きる時間はない。

やはりこの人々がいて、今日のぼくか。

1月13日

広島市現代美術館の人が来て、絵を運んで行った。あの美術館が出来るとき、土地の風景を頼まれて、広島の街をかなり夢中になって歩き、描いた。

山から溢れる流れが、いくつもの川になって海へそそぐ。広大な山野の息吹に、ぼくはあふられた。もう一度、あの眺望の中に立ってみたい。

1月14日

明日、明るい陽が差せば、すぐにでも見つかるだろうと思って、昨夜、ベッドに入ったが、左耳の補聴器。

千里がやってくれれば、見つけてくれる。そう安心して仕事をしていたが、案に相違して、頼みの千里はかなり悲しい顔に変わった。

たかが小さい器具の紛失じゃないか。呑気なぼくの返事に千里は、がっくり。

いろんな日程が組まれている。間もなく個展。内覧会、次の日のぼくの挨拶。来月は練馬区立美術館での香月泰男展の講演。補聴器なしで通せん。

1月15日

捜し出すと、なにもかもが補聴器に見えてくる。手に取ると、途端に消える。眼の中に飛び込んでくる諸々の具象性は、でっちあげだな。

車に乗せられ、千里に拉致され練馬駅近くの補聴器屋さんに。新しく作るには金がかかる。安くはないんだ。ぼくはケチだから数日かかっても、捜すつもりでいたが、一気に釈放されたのは口惜しい。

テレビで〈こころの時代〉を見る。いつ撮ったのか忘れていたが、主役のぼくは、こんなに呆けた爺になっていたのか。耳の沙汰じゃないのかも知らん。

1月16日

少しボケて来たのか、補聴器屋さんによると、ぼくは二〇パーセントくらいしか耳に入ってないそうだ。ぼくの交友関係、老人同士で、なにを喋っているのか。

1月17日

いくらか陽がさす暖かさ。庭で、千里に頭を刈ってもらう。知人の他界が、このところ続く。もう報《しら》せなくてよい。知らずに消える。それの方がいい。

1月18日

約束の四時半、かっきり。リハビリの岡田さん、やってくる。

いい青年。二年振りだな。その間、結婚、子供も出来たと嬉しい話。ほのぼのとする。

夜も更けて、千里から電話があった。ギャルリー412の村越さん亡くなったと。病弱の体に鞭打って画廊を長いこと続けてきた。

そうか消えたのか、村越さん。

1月19日

お遊びみたいに絵を描いている。いいのか、こんなことで。いいだろう、お遊びの虜になって今まで生きてきたように思うが、こんな他愛ないものではないはずだ。

1月20日

幼かった妹を描いた油絵を、美術館に寄贈したいと妹から言ってきた。思い出すだに口惜しい。美校の卒業制作。生まれて初めて上京して、卒業展を見にくる母のため、上位に並ぶよう媚びた絵。生涯、拭えんなあ。

1月21日

大阪に赴任していた日経の浅井ちゃん、夕方やって来て、久し振りに我が家で晩餐。それなり彼女、たくましくなった。

1月22日

またしても机の上、雑然となる。寒中見舞、個展案内。厄介だよな、ぼくは整理するのが苦手。

両の眼、とび出して来てる、と千里が言うに漫画チック。言われなくても、本人感じている。

1月23日

かつて画廊をやっていた女主人から、久し振りに電話。そうだ、いろんな思い出が、わっと湧いた。

女性オーナーとは、ずいぶん仕事をしたが、救けられるばかりじゃなく、むしろ口惜しい思いもした。

1月24日

首のあたり、かしげるたびにこりこり鳴る。別に痛くもないが、嫌な音。うまい工合に組み合わされた体が、少しずつ弛んできたのか。

寒中見舞を送る人たちへの、ぬかりはないだろな。見知らぬ人にも。毎日、机の上でこの人たちとぼくは、さよならを繰り返している。

1月25日

愛住館へ。堺屋太一氏の没後、藝大に寄贈された私邸。その記念として、ぼくの近作展。

可愛い美術館。家のぬくもりがある、こぢんまりとした会場。

幾人かの美術記者に囲まれて、ぼくは気楽に話せた。百一歳、絵のことよりも、この年齢への質問がほとんどだ。当分はお爺さんらしくしよう。

こんなにも百という歳月に対して、人々が畏れや、敬意を抱いているものとは知らなかった。ぼくはまったく年甲斐がない。

1月26日

今日は展覧会の初日。そうか、今はコロナの真最中だから、主催者側も来る人も気を遣って、人数はまばら。

去年の正月、高島屋で百年展を謳ってから、まだ日が経っていない。並べている絵がどうなのか、自分でも判断がつかぬ。

それでも皆と一緒に、ワインでも飲み出すと、なにか嬉しくなる。

1月27日

のんびりとくつろいでいた午後三時半、岡田さん来訪。リハビリは体の骨や筋肉に効果があるとか。しかし、ぼくにとって最も効果があるのは、その放心の時間帯。ぼくは筋肉だけの生きものみたいだ。

歩き方も教わった。赤ちゃんみたいだな。

1月28日

今日は約束もない。誰もこない。暖かい日。絵を描いて終日遊ぼう。

1月29日

三回目のワクチン注射。いつもの診療所に行ってみると、ぼくみたいに脚の弱った小父さん・小母さん達ばかり。

百近い毛利真実の顔写真が送られてきたのは、数日前。亡くなったという報せ。同年輩がまた、消えたな。

電話で、福岡の山本文房堂の主が亡くなったと報された時は、体の一部を抉り取られた思い。

1月30日

手紙を書いている夕方、千里から電話が入って、テレビをつけると、絵を描いているぼくが、こちらへ向かって浮かぬ顔をしている画面。忘れていた。去年の秋も深まった頃撮影で、五日間、うんざりさせられたことを。しかし映像は、自分と違う生きものだな。

1月31日

毎年、夏を九州、唐津湾のほとりで過ごす。福岡の街の山本文房堂。あそこに、もう親方の的野さんはいないのか。空気が薄らいだように、妙に淋しい。よたよたでも生きる者は勇者なのか、敗者なのか。

2月1日

テレビで見るスポーツ選手たち、リラックスしてゲームを楽しみますと言う挨拶が多い。

本当か、嘘か、強がりか。選手たちのいくらか笑みて口走るこの言葉は、あまり好きじゃない。

2月2日

キャンバスに向かいながら、これは楽しいか、と自問する。違うな。辛いことか。違う。義務感みたいなものか。違うな。ただ近頃、キャンバスに向かう一途さがない。

夕方近く練馬区役所の人が、ぼくのデザインのエコバッグの相談に来訪。ぼくは少し関心が薄らいだように思う。

2月3日

黄昏どき、千里と山ちゃんがやってきた。

今日は節分とか、それで今から豆撒き。それぞれお面をつけ、あたふたと窓をあけて、豆の箱を手にし、「フクはウチ、オニはソト」。冷え切った夜の闇に、ぼくは懸命になって豆を放り投げ、サロンにもアトリエにも撒きちらした。

なにをそんなにムキになるのか。死を追いやっているよう、まだ死にたくはない。鬼は強そう、お前と仲間になろう。

2月4日

もともと小柄だったが、少し縮んだね、三島さん。毎日芸術賞をもらったというので今朝の新聞に出ている。嬉しい。「命がけで遊んで制作してきました」。インタビュでは必ず聞かれ、その度にどう答えようと戸惑う質問、芸術に向かう心根。
命がけだと言ってもいい。暇つぶしだと応じても嘘じゃない。

2月5日

冬期オリンピックが始まった。わずか一秒か二秒を縮めるために選手たちが、毎日どんなに、苛酷な訓練をしているか。誰に頼まれる訳でもない。

2月6日

今日は、絵を描かないと、あえて自分に言う。こんなにも溜まった手紙類。今日中に、書いてしまおう。贈物への礼状、等々。書きおわっても充実感がない。

2月7日

愛住館での個展、初日に顔を出したきり、行っていない。以前、そう、ずっと以前、銀座の街角で、坂崎坦《しずか》氏に会った。ぼくから個展案内が来たので出かけると、ぼくはいなかった、と。ひとに招待状を出していながら、本人がいない。失礼じゃないか。以後あなたの個展には行かないことにしている。そう、たしか五十年以上、昔だな。人間のあいだが濃密な時代だった。時間は、ゆったりと流れていた。

2月8日

山ちゃん、やって来て、ぼくの右眼がおかしい、といきなりタクシーを呼んで、駅前の眼科へ。

わかっている。この歳になると、いつだって体のどこかが悲鳴をあげる。そんなに気にしなくていい。

2月9日

ほんのりと陽がさす。日向ボッコ気分で、ついつい朝から、居眠り。そこへ近くで画廊、呉天華をやっている女主がやってきた。見た目、可愛子ちゃん。いや、ぼくから見れば、この世の女、ことごとく可愛い。

冬場は店を閉じているから、近々再開。彼女が顔を出すともうすぐ春。

2月10日

オリンピックって何だろう。

近ごろ、ぼくはいろんなことに興味が薄らいだ。薄らいでくると、あまり意味のないものに思われて来た。絵を描くことにも。

2月11日

今日は個展の会場にいる、と知人たちには連絡していたが、昨夜半から雪。厄介なことになった。

しかし都心に出ると、雪はなかった。ほんの僅かの人たちしか来ない。数時間、自分の作品に囲まれて、じっとしている、というのは拷問だな。

2月12日

土曜日、千里はぼくを湯船に入れる。

千里の前でなんとなく裸。とはいえ誰かいてくれないと困る。独りで湯船から出られない事が数回あった。

しかし異性の前で裸というのは、サマにならん。ひとの眼が眩しく、くすぐったくも侘しい被写体。

2月13日

イーゼルの前に立つのが嫌になった。掛かっているキャンバスを覗くのも億劫。今日は誰にも妨げられない日曜。何となく晴れやかな思いだったのに、何処にもぼくの居場所がない。そうして、とうとう日が昏れた。庭の雪は少し残っている。

2月14日

若い頃は、どこにいても、その場で収まっていた。たとえ歩いていても、それはぼくの通る道だった。

最近は食事のテーブルについても、ベッドに入っても、お客さんなんだ。

2月15日

今日になってみると、昨日は朝から撮影が入り込んでいたんだ。キャンバスに向かって絵筆を動かすという注文は断った。なんだって絵描きといえば、このポーズだ。

百歳に芝居はさせるな。昨日のことなのに、かなり記憶が飛んでいる。何もしなかったという空白感だけが。

2月16日

息苦しい。生きることはない。夜明けのベッドの中で、安らぎが欲しいと願った。人間の寿命や、現在の年齢にこだわるな。

いつもの朝より遅く目覚める。アトリエに入ったが、いったい、目の前のキャンバスに何を創り出したいと願っているのか。

2月17日

この調子だと、まだ生き続けられるかもしれない。自分だけの風景、誰も見たことのない自然、そんな世界に入ってゆけないものか。

2月18日

少しずつ体重が増してくる。足のむくみは減らん。拠りどころのない、ふやけた顔面。

老人の貌は自分で造るものと、先輩に言われたが、たしかにそうかもしれん。今のぼくには生きている人間の自覚がない。

2月19日

約束の今日、うそ寒い雨。お昼ごろ個展会場で久しぶりに義弟の武宣クン一家と。武宣クンの倅の、DAIGO、折々DVDが贈られてくる。とりあえずは、それぞれの健在を喜びあう。

2月20日

昨夜、家に帰ってから、玄関の鍵を、どこへ置いたか。ふいと気になって抽き出しを捜してみるが、見当たらん。

厄介なことになった。たいていは捜し物で、ぼくは人生を費やしている。今日中に、亡くなった知人の追悼文、送らねばならん。

2月21日

青森県立美術館への作品、引き渡しで午前中に係の人がやってくる。そこへ福岡県美の岡部さんが、先日渡した素描の件で来訪。どさくさの中、やって来た千里が、わけもなく、紛失した鍵を見つけてくれた。

これからは、失せ物は捜さないことにしよう。偶然に任せよう。

2月22日

もう少し、ぼくの指令に従って、両の脚、動いてくれ。今日の夕刻、リハビリに岡田さん、やってくるが、これほど期待したことはない。来てくれれば、すぐにでも思うよう動ける、と思い込んでいる。

2月23日

朝、ゴミ箱を出しにでて、マダム隣組長に出会う。ぼくが外の景色に触れるのは、一日のうち、この一瞬だけ。

近隣の誰彼と顔を合わせ、会話ができるのが爽やかでいい。彼女は、ぼくの個展に、ここら二、三の御婦人と観に行く約束をしてる、と言う。

ぽつんと独り住んでいると思い込んでいたが、近隣の暖かい眼差しに見守られているんだ。

2月24日

二、三日まえ、アトリエの奥から一九六〇年代の五〇号くらいの絵が出てきた。どういう訳だか、もう一息というところで放り出している。今とは筆づかい、形態、色彩、かなり違う。

この原型を大事に、描き進めてみよう。他人の画面に気を遣いながら、壊しにかかっているようで、奇妙な罪悪感。

2月25日

ＲＫＢ毎日から先日、送ってきたＤＶＤを見ると、映像のぼくは自分で感じるより、ずっと老人だ。わざわざ、素っとぼけなくても充分にでき上がっている。この三、四日、古い絵を持ち出して、何とかまとめようとしているが、姑息だな。もう止めよう。

2月26日

荒っぽい風が吹く。春一番か。

2月27日

のどかな時の流れに、ぼく自身が浮いているような、そんな時に、恐ろしいものが迫っている。

ロシアがいきなり隣のウクライナに襲いかかった。武装した、国家規模の強盗殺戮。理性に培われた現代に、こんな理不尽が、まかり通るのか。

ぼくは核戦争の予感に怯えているが、ずっと先のことではなく、地球は壊れてしまうかもしれない。

2月28日

近ごろは、しゃがんだり、着替えたりするときに、ふっと息切れする。大丈夫か、死ぬのじゃないか。命がとても儚いものとして、一瞬、頭の中を通りすぎる。

今日は予定の診察日。何と言われるか。どんなデータが検査の結果、出ても驚かないことにしよう。

本当か、前の病状よりはいいと。嘘じゃあるまいな。ずっと生き続けていたいけれど、ぼくの命のカミサマ次第。

3月1日

このところ山ちゃんがやってきて、書庫の整理をしてくれている。夕方、岡田さんのリハビリが済んでから、僕も書庫へ。

アトリエから三段高い書庫には、誰かの手助けがないと入れない。山ちゃんは、ぼくが見たがるだろう画集を、うまく手の届くところへ置いてくれている。閉じ込められたような、この狭い空間で、ひとり画集を眺めるのが好きだった。至福という言葉をつかってもいいだろう。

3月2日

かなり以前から気になっていた歯茎の痛み、だんだんひどくなる。思いあまって日比谷の歯科医まで。

一応、痛みは止まった。他愛なく嬉しい。それから大急ぎ四谷駅近くのぼくの個展会場。

亡くなったぼくの妻、ヨーコの兄弟の子供数人が現れる。知らなかった。ちゃんと子孫がいる。みんな背が高い。長く生きていると、外国旅行をしているみたいだ。

3月3日

もう冬じゃないな、この陽気。春一番ですよ、とお手伝いの三上さんが言う。え、そうなのか。この間の、あの荒っぽい風は、名前はないのか。いいんだ、ぼくの体の中で春一番であれば。

3月4日

地球は壊れかかっている。逃げ出す時の用意に、玄関の脇には宇宙用自動車が置いてある。

夜明けに見た夢。とても寂しい。ただ逃げ出すだけ。行き先の当てはない。

3月5日

ロシアのプーチンの、あの冷たい顔が、ちらついていかん。一人の精神異常者の横暴で、地球上の全人間が不幸にさいなまれる。大袈裟に叫んでいるのではない。一瞬にして、それが可能な兵器を二十世紀は手に入れたのだ。

3月6日

かつて一兵卒として、ぼくはソ連領の国境近くにいた。ドイツ軍はモスクワ近くまで攻め寄っている。ぼくたちと正面向かい合っているのはソ連の女兵隊。主力はモスクワに集中しているのだろう。いま攻めると、相手は女だ、いっぺんだぞ、と卑しい顔で攻撃を待っている奴もいた。しかし日本は攻めなかった。日ソ不可侵条約を守ったのだ。

にもかかわらず戦争終結になるや、いきなり攻め込んで、おれの領土だと言う始末。許されん。

3月7日

いつからか井上悟の弱った体について、噂が入ってくる。そうして、いきなり亡くなったという報せ。脳溢血で倒れたのだとか。

彼の描く人物は、男も女も老人も、あどけない。あの、ぱっちりと開いたお目々のまま逝ってしまったんだろな。

ぼくの本家の主もこの冬消えた。葬式は身内で済ましたという通知だが、ぼくは小さい頃から父に連れられて、折々本家詣でをした。遥かな御先祖がその夜は真上の闇に、厳かに居座っていた。

この何日間、絵描きの亭主を亡くした二、三の家族からの報せ。夫を見送った思い、本当にこんなに消えていっていいのか。

3月8日

首を動かす度に、そこらあたりの骨が、ぽきぽきときしむ。大丈夫か、動くのを忘れたのか、もう油が切れてしまったのか。モノには限界がある。ぼくの体、ここいらまでの約束か。

幼い頃は、家の前の道を葬式の長い列が通ったものだ。キンキラキンの坊さんも、身も世もあらず泣き崩れる人々も、担がれた棺桶とともに、いったいどこへ行ってしまったんだろ。昔は目のあたり、生や死や結婚があった。常に人間が横たわっていた。

3月9日

朝、眼を覚ましてベッドのへりに腰をおろし、両脚のサポーターを取る。肌にぴったり、くっついているから剝ぎ取るのは難儀なことで、息切れがする。起きたり、眠ったり、ともかく丹念に日々繰り返している。

近ごろはこの所作が、おそろしく空しい。鎧兜に身を固めて、戦場に出て、そこで横になって眠ったきり。

3月10日

少しずつ歯茎が痛み出して、もう半月以

上になる、早く歯科に行けばいいものを、コロナの注射、何回目だか、ともかくぼくも千里も済んでからと、気分的に待機中。

最近は排泄のことを気にして外出しなきゃならん。意のままに我慢ができん。

産むは案ずるよりで、思うほどのわずらわしさもなく済んで、愛住館の方へ回る。この建物の中にレストラン。久し振り千里の家族とそこで晩餐。

3月11日

二、三の美術館を見て回ったはずの千里から、夜、電話がかかった。ケイタイを、どこかに置き忘れたんだと。そこへ電話するなり、問い合わせればよかろうと思うが、それら一切の連絡先、資料、はケイタイの中。

3月12日

千里への電話は入らん。セッちゃんからも、千里と連絡が取れん、と苦情がくる。お手伝いにやってきた三上さんは、もしも悪い奴にケイタイ拾われたら大変なことになります、と言う。

どういう大変なことかは知らんが、おそろしく便利なものが開発されたと、ぼくは驚いて、触れず、いまだに持っていないが、一歩間違えば、想像もつかない丸裸になって、放り出されるような仕組み。

アトリエにいたが落ち着かん。いまだに連絡がとれないとなると、どういう人間の手に落ちたのだろう。どういう恐ろしい歯車の中を回っているのだろう。

3月13日

昨日、早くに美術館と連絡がとれて、トイレの鏡の前に、と千里は平気だが、冗談じゃない。こちらは最悪の妄想の中をあがいて生きた心地がしなかった。絵を描く沙汰じゃない。もうこれ以上、便利なものを開発してくれるな。間違った時は手が付けられん。置き忘れるような小さな器具。そんな不用心なものを造っちゃ、いかん。

3月14日

急に気温があがって、春の陽気。財団の連中、昼前からやってきて、ちり紙みたいに積み重なっている水彩、デッサンの整理。

どこからこんなに出てきたのだろ。描いたまま放っておいたから、とっくに失くなったものと思い込んでいた。おどかすなあ。

3月15日

地球は壊れるかもしれん、ロシアに現れた、たった一人の異常者のせいで、この地球はどうなるのか。あの表情は、人間じゃない。傍観は許されん。俺はどうしたらいい。

3月16日

ベッドに入る前、歯を磨きながらテレビを付けると、異状な音声と同時に映像が揺れた、地震。

どんどん激しくなる。この世、ロシアのプーチンの狂気、天災、人災。慌てて懐中電灯を探してみたが、操作を忘れている。どうでもなれ。ベッドに埋まって、そのまま睡《ねむ》る。

3月17日

朝まで睡っていたから、地震は収まったのだろう。朝刊には、プーチンの狂暴さが大きく報じられている。遠く離れているが、安心していていいのか。

3月18日

わりと激しい雨。近くの練馬区立美術館に香月泰男展を観に行く。懐かしい絵が並んでいる。

一見がさつなこの画家の仕草を館長室で喋ったが、これはいけない。実はおそろしく照れ屋、誤解を招く。シベリアから生還後の香月さんは、生きているのが辛かったようだ。

3月19日

折々にぼくの個展会場へ顔を出している千里から、夜に電話が入る。

ぼくに代わって来客に対応してくれるのはありがたいが、展覧会というのは、作品を観てもらうのだ。作者は幕の向こうの闇にまぎれてなくちゃ。絵は玉手箱に見せかけてるのだから。

3月20日

いい調子で描いて、暗くなってからアトリエを覗くと、歯の浮くような画面。慌ててボロ布《き》れで消す。

思えば、この世はこんなもんじゃないか。キャンバスに向かって、なにがしかの自分を創りあげ、闇の中にぼんやりと消える。

3月21日

脚はかなり弱っている。睡ってばかりいる。そんな近況を、尋ねられるままに書き送っていたら、先生は、とても弱気になっておられるが、大丈夫か、と千里のところに問い合わせ。

難しいな、年寄りの体の説明。ぼくは気弱になっているわけじゃない。自分の体にフンガイしているわけだ。

3月22日

わんさと出てきた水彩、デッサン、一枚一枚にタイトルを付けなくちゃならん。画面の裏に十四、五枚書き込んだところで、これは容易ではないと気が付いた。夕暮と付けようが朝早くと書き込もうと構わんが、裸体や半裸体、これは厄介。夕暮と付けても、朝早くにしても、ひとつの意味を醸し出す。

3月23日

朝からＮＨＫの撮影。先日のインタビュの続き。疲れるなあ。一日、何時間、絵を描くか、一ヶ月で何枚の絵ができるか。答えようがない。

キャンバスに向かって筆を走らせる仕草。やらせないでくれ。日曜日も描きますか、なんて聞かないでくれ。

テレビは、一般の人のそうした疑問に答えて、その橋渡しに腐心しているものだから、と口説かれた。

午後、愛住館の個展会場。そこでも宿題の、絵のタイトル、まだ頭の中で、メモを取る始末。夜は同じ建物の中にあるレストランで、この館の持ち主であった池口さんに、逆に御馳走になる。雨はずっと降りつづく。

3月24日

許されるのか、どういう理由であれ、いつもの日々の生活に、いきなり銃を向け、焼き打ちにする。

またしても戦争か。悪魔はじっと今日を待っていたのか。もう地球は失くなるのかもしれない。誇張ではない。本当に、目の前に迫っている。ウクライナと同じ戦火の赫い色が、ずんずんと拡がって世界は消える。

3月25日

北九州市立美術館から学芸員と運送屋とやってきて、絵を運び出す。懐かしい美術館。六十歳というので、ぼくの回顧展を開いてくれた。回顧展は早すぎると、嫌がるのに、谷口館長は、世に出したかったのだろう。気が付けば、ぼくはほとんどの先輩に、そういう形で後押しされて、発表してきている。ずるいんだ。

3月26日

午後、愛住館。わりと大勢の人が来ている。前日、ぼくが亡くなったと誤報がフェイスブックで流れたとか、お別れのつもりで来館した人もあるらしい。急遽、遺作展のつもりか。

3月27日

昨日に続き、今日も愛住館。先月から開いた個展も、今日で終わり。やって良かった。個人住宅だった邸。人のぬくもりがある。ぼくはゆったりと遠くから自分の絵を眺めた。

3月28日

夕方、銀座へ出る。財団一同と打ち上げの一献。この度は御苦労さん。ありがたいよ皆さん。

3月29日

今日のリハビリは指南役の岡田さんに連れられて、すぐ傍らの石神井川の岸辺の散歩。今、まっさかりの桜。

いつの間に、このあでやかさ。いきなりこの自然が突きつける仮装の舞台。

3月30日

依然としてロシアの暴力は続いている。こんなにも平気で人を殺す。原始時代に戻ったのか。いつの日か、地球上の人間、独り残らず殺されて、終わる。本当にぼくは畏れている。

異常者にこの地球は支配され続けていると、つくづく知った。生来の異常者でなくても、ついに異常者になってしまった男の仕業。

3月31日

五十年くらい前、触れあった版画家が、画集を作るので、その巻頭に一文を、と言ってきた。ぼくは思った通りのことしか書かない、と知っての事か。しかし賞《ほ》めるのが通念なら、賞めておこう。それでも年寄りになると、くどくどと時間がかかる。あっけなく一日が終わった。

4月1日

安達クンが、住んでいる富山の蟹を、びっくりするほど送って寄こして、夜は数人で、競争のような猿蟹合戦。

4月2日

ウクライナでの蛮行は続いている。本当に一人の人間の仕業。プーチン、ヒットラーやスターリンに出会って、いきなりあんな意志の貌から射すくめられれば、ぼくは地面にひれ伏すかもしれん。

4月3日

終日、雨が降る。桜の花びらが濡れる。傍らの石神井川のほとりから、うちの庭まで花びらが舞いおちてくる。

4月4日

ユキ子さん、ひょっこり午後、顔を出す。甥の嫁。亭主に先立たれ、独りで、子供二人育てている。

カナダの学校に行ったはずの息子はコロナのせいで学校封鎖。あっけなく日本の我が家に舞い戻っている。

4月5日

昨日、生まれた人も、長く今まで生き続けた人も、爆弾で殺される。こんな無法があるのか。

敵と味方に分かれる、避けられない要因というのがあるんだろか。生きものは、闘いを強いられるようにできているのか。テレビで見る破壊の現状、今に、ぼくたちもテレビに映されるか。

4月6日

画集に載っける推薦文。

わずか原稿用紙に二枚くらい。人には言えん。昨日から絵はそっちのけにして、机に坐ったきり。これは病気。老人が、堂々めぐりで同じ所作を繰り返す、あれだ。

4月7日

毎日のように届く展覧会案内。かつてはいろんな友人がいたが、ほとんどは亡くなり、生きている画家とも、いつとはなく疎遠になった。それっきりだ。二、三、女性画家もいたが、どうしてるだろう。夏は玄界灘に面した海っぱたで暮らすのだが、絵描きはいなくなった。ほとんどの絵描き、自分が可愛い、ばっかりだから附き合うのは難しい。いや、ぼくが気難しくなったのだろ。愚痴っぽい爺さんになったのだろう。

4月8日

今朝の新聞、終わりの頁あたり、装幀家の菊地信義氏、死亡。この人の活字だけの表紙。よかったな、ぼくも何冊か作ってもらった。慎ましやかで、格調があって、もう一度、会いたい人だ。ああ、俺の時代が、どんどん過ぎてゆく。

4月9日

お向かいの庭の桜、夜はライトアップされて、息を呑むような、きらびやかさ。二、三日前の雨で散ったものか、灯が消えている。さようなら、春。

4月10日

急に気温があがる。まだ冬の空気が籠もったままのような室内から飛び出して、庭に長椅子を持ち出し、太陽にあたる。

4月11日

なにをやっても落ち着かん。絵筆を持つと、すぐにも息切れがする。読みかけの本を広げると、描きかけの絵はどうする、と背後から強迫される。

4月12日

居直って朝から庭で、日なたぼっこに決

めた。ほとんど裸みたいにして陽の光をモロに受ける。暑い。

午後、頭がぼんやりしている。熱があるのか、いや、もしかしてコロナ？　居ても立っても、寝ころんでも、落ち着かん。こんな老人がいるか。いや、これが老人なんだろう。

4月13日

藝大で教えていた頃の卒業生、やってくる。当時、教授だった中谷泰先生の遺作集を作りたいので、協力をお願いしたいと。

嬉しいことを言ってくれる。中谷さん、徒弟修業でやってきた人。学校に馴染むだろうか。誠実な教師として、やがて学生の中に溶け込んでいったのは、人徳だな。

藝大に、外部から教師を入れること。女性教師を入れること。ぼくは当時、かなり躍起になっていたので、今こうして、かつての学生たちが顔をそろえてきてくれたのは嬉しかった。

4月14日

ぼくは学校には向かないが、藝大の教師に呼ばれた時は、ホッとした。月給が欲しかったのだ。これだと銀行が金を貸す。アトリエが建つじゃないか。

教師を十二年間。その前のパリ滞在が十二年間。これは繰り返し、思い出の中で歯切れがわるい。十二年間も向かない教師だった事。十二年間のパリからぼんやりと故国に戻ってきた事。

人生の岐路で、もしも、という仮説は意味がない。しかし百歳すぎている。空想だけでも見させてくれ。

4月15日

先日、といっても、もう去年になるか、わざわざ関西から訪ねてきた劉さん、再び、来訪。パリでぼくと交友があった作曲家の許さんについて、再度、当時のことについての質問。

パンテオン近くの、うす汚いアパルトマンに住んでいた頃、ぼくたちは仲良くしていた。詳しく思い出そうとしても、記憶がほとんどなくなっている。

4月16日

なんとなく庭の白い花、桜が川に流れていってから、やはり眼につく。

今まで花を美しいと思ったことがない。しかしこの数日、花みずきと教えられた仄かな花弁の白さに浮きたつ。

4月17日

ここ四、五日、パンが送られてくる。それにケーキ、うどん。ありがたい。数日前に届いた筍、大事に思って冷蔵庫の一番下に入れた。一両日たってから、やって来た千里に、こっぴどく叱られる。なぜ冷凍室に入れるのか。

掘り立ての筍、わるいことをした。掘り出して、丹念に荷造りして送り出してくれた若い友人。

ともかく再生させようと千里は周到に調理に専念。

4月18日

藝大の卒業生から、個展の挨拶文を依頼してきた。待てよ、その前に何かあったな。中谷泰先生の挨拶文。泣きたいよ。

中谷教室に籍を置いていた学生たち、いや卒業生たち、先生の歿後三十年。みんなで画集を作ると、嬉しいことを企画してくれる。

4月19日

中村稔さんの著書が届く。『寂かな場所へ』。驚いたな。折々の文章を拾い集めたにしてもだ。ともかく手許に届くたび打たれる。

4月20日

生きた心地がしない。何をやっても、今にこの地球が壊れるんじゃないか、とそればかり思う。ぼくだけじゃないだろう。ウクライナの攻防はこの地球上の全人類にかかっている。

『カラマーゾフの兄弟』、ずっと若い頃に読んだ。あの遣り切れない重さが、のしかかる。ロシア人の執念みたいなものをこの数日、感じている。

4月21日

キャンバスでなく、菓子折の蓋に描くのが、どうしてこんなに面白いのだろ。お遊びの境地、落書きの歓び。いつの間にか数枚溜まった。

4月22日

この二、三日、夜は中谷泰氏の原稿。素朴に、気取って、大正時代のモダン・ボーイといったところか。人が良くて強情。懐かしいなあ。

4月23日

なにを思いつめている。連日、雨が降っているような、庭の濡れそぼった木々、窓の外の道や、その先に続く家が、しっとりと静まりかえってる。

手はいつも冷えている。右の手と、左の手を合わせると、寒々とする。やがて全身そうなって終わるのか。

4月24日

なにも明日のことを思案し、今日を生きることはない。明日は湯河原の工房まで行かねばならん。ただそれだけの事なのに、途中の排泄が気にかかる。

もしも洩れるような事があれば大変。どうしてそんなことに今からおろおろ。近頃、ぼくの外出に付いて来るマスコット、いたずらすぎる。

4月25日

予定通りに湯河原の、山懐、せせらぎの聴こえる工房。今回は、馴れたステンド・グラスと違って、レリーフの壁面だから、粘土が材料。

言われる通り、おそるおそる取りかかったが、そのうち何となく指さきにその感触が分かってきた。

4月26日

遊び仲間二、三人、東京から見物にやってきて、夕食はここの皆さんと一緒。盛大に、せせらぎのほとりでバーベキュー。のつもりが風と雨の悪天候。工房の中で、それでもわいわい、山懐に囲まれて楽しかった。

4月27日

仕事はあまり進まない。しかし確かな手ごたえ。あとは来月、東京のアトリエで続けることにして、新幹線で引き上げる。いつでもそうなんだ。産むは案ずるより易し。帰途はそう独りごとを言って、そっと笑う。

4月28日

二、三日眼をそらすと、机の上、折り重なって新聞と展覧会案内。ここ数日、新聞に至っては読まねばならん事、知っておかねばならん事、山積みのウクライナ、いや世界の趨勢。

人間が作った破滅のボタン、いつか、誰か、必ず押すだろうという予感。ずっとぼくは脅えている。

4月29日

このところ、なんとなく附き合っていたような油絵の小品、数枚。夕方、そのうちの四点ばかり取りにきた。どこに出品するのか。千里任せ。自分が外出できなくなって、ぼくの中から外界はシャットアウトされた。

4月30日

一向に暖かくならん。暖かくなっているのに、自分では気が付かん、という事はあるかな。ともかく体内から熱量は減っている。

庭に長椅子を持ち出し、日なたぼっこ。依然として脚は、むくんでいる。九条の会の阿部さんが作品を取りに来てくれる。人の中に混じって、自分の絵がどう見えるか。今はもう気にしない。いや嘘。

5月1日

ぼくだけじゃないだろうな。本当に、暖かくなってないだろうな。ずっと絵描きだと言い張って生きてきたが、絵描きって何者なんだろ。

ぼくの教室に所属していた元学生、画集を出すのでと文章を頼んできて、もうかなり経つ。

5月2日

長寿は、みんなの憧れになっている。日々を、誰よりも長く繰り返すのは、そんなにも仕合わせなことなのか。

今日、絵を描いているのは、今日という痕跡を残すためなのか。いかにも、もっともらしい言い訳。この世を長く眺めたところで、そう面白くも、楽しくもない。むしろ、楽しみは、必ずといっていいほど、悲しく尾を引くことになる。いや、近頃、一枚の絵に、なにも訴えるものがなくても、歌をうたっていられる。

5月3日

手伝いに来ていた山ちゃんと夕食のとき、ぼくの絵を終生、恥じた親父の仕打ちが、話題になった。

ぎっしり積んでいたぼくの絵を、庭に持ち出して火を放った事。陸軍に接収されていた我が家、戦争終わったその日、それまで台所の片隅にうずくまっていた父が、いきなり威儀を正し、座敷に陣取っていた大佐に、軍の物資を要求した事。

倅のぼくが、どのようにその遺伝子を継いでいるか。近ごろ、こんな歳になって、無意味な反省の話題ばかり。

5月4日

親父の出生の地、小竹町、代々の本家がある小竹。コタケという発音だけで、父はふるえあがるほど懐かしんだ。だから、ぼくにとって単なる地名ではなく、太古からの血で染まった伝説の空間。

そこから三人の人がやってきた。町役場に、ぼくは水彩画を寄贈。どんなに喜んでくれたか、それにしても九州から挨拶に来られたのには驚いた。

5月5日

若い頃の、そうした水彩画のデッサンを欲しいという声はあるのよ、と千里が口惜しがるが、絵は描き捨てるものだと、ぼくは学生時代から思い込んでいた。

庭に積みあげて、ことごとく親父が燃してしまったという話、描く力が衰えるに

つれて、未練がましく、頭を持ちあげてくる。

5月6日

そうだ。先月の、挨拶文を頼んできた教え子。捨て身だなあ。ぼくは決して賞《ほ》めない。

教え子といっても、すでに七十歳を越えている。正直に書くので、ベソをかく。やはり申し訳ないと思う。どだいぼくが教師ヅラをしたのがいけなかった。

5月7日

夜、千里から電話あって、あまりに咳が出る。喉が痛いので病院に行くと、風邪だというので、薬をくれて帰された。しかしその後あまりにも喉が痛むので、別の病院で検査してもらうと、コロナの陽性反応。明日は日曜なので、明後日まで治療その他はお預け。

厄介なことになった。コロナ陽性者との濃厚接触者に該当するぼくは五日間、外出禁止。本当かよ。

5月8日

それにしても濃厚接触、なんと色っぽい単語。誰が命名したのだろ。いや笑いごとではない。独り寝起きしている生活に変わりはないが、外出禁止、接触禁止。今更のように言われると、窮屈でならん。

5月9日

クレアーレの面々、今日はぼくの壁画用の材料を運んで、数人来るようになっていたが、急遽、変更。水曜までは謹慎の身。

5月10日

日程表には九時五十五分、テレビ朝日。午後三時、リハビリ。もちろんキャンセル。これらすべてコロナ対策、国の定め。時間が浮いてありがたい、というよりは、空白を縛りつけられたようで、心、空白。

5月11日

急に手紙類が溜まったような気がするが、何も手を付ける気分になれん。肌寒く感じるのは老いのせいか。

目の前には、どっかりとロシアが居座っていて、ぼくの痩せたドテッ腹を、えぐるようになぶり続けている。連日、ぼくは打ちのめされて息苦しい。

5月12日

接触はならん、という定めから、今日、解放。外界は忙しい。ぼくは家に閉じこもったきりだから、何も変わらん。世のあわただしい流れ、ぼくは見物人だな。

5月13日

眠りつづけた。昼夜を分かたず、眠りつづける。眼をあけると、どうしても、ぼくにはウクライナの惨状が映る。この今、この一瞬、生きていた人間が殺されているだろう。本当にこんな組織があるんだ。国立暴力団。

ぼんやりと庭に降る雨を見ているうちに日が暮れた。御無沙汰の手紙を数葉書きつづける。日付を入れるときに、くすりと独りで笑う。今日は十三日の金曜日。いや、何の日だっけ。

5月14日

お手伝いの彼女、もう通ってきて何年にもなる。痒い所に手の届く気の配りよう。

ありがたい。ありがたいが、彼女が来ると、ぼくは老人臭くなる。甘えているんだ。

5月15日

注文していた絵の材料が届く。玄関の階段を持ち運んでいて転んだ。なかなか起きれん。千里が知ったら、もっと監視の眼を光らせるようにするだろう。これ以上、労られると危ない。附かず離れず、というのは難しいな。

5月16日

なんとかウクライナ、持ちこたえているらしい。生きものは、弱者を脅かすことに、最高の喜びを覚えるものか。強盗強姦が、勝者の至福なのか。

折角、長く生きて、ぼくに見えてきたのは、そんな事か。

今日は誰も来ない日。数日前から続けている五〇号、画面の随所に塗った赤い色が、時として血の色みたいに跳び散る。

5月17日

夕方近く、リハビリの先生、やってきて、数日来のぼくの右肩、首すじ、ぎこちなく凝りかたまっているのを、ほぐす体操。助かるよ。

5月18日

隣に住んでいたコミ一家の、娘のリエが生んだ男の子。年を経て大きな男になった。女の人を連れて、結婚の挨拶。

こういう時、おめでとうと祝福するのか、人生の先輩らしい教訓を垂れるのか。コミちゃん達が隣にいた日々は懐かしい。彼の怒鳴り声、ベートーベンの独唱、猫を叱るマドの嬌声。情況は変わってゆくもんだな。

5月19日

家に閉じ籠もった日が続く。もやしみたいに力ない体を庭で曝す。

そうだ月曜日に、福岡の文房堂の的野さん、お別れ会。中学一年生の時、油絵を描きはじめてからの付き合い。

お別れ会みたいなのは、あまり好きじゃない。おれが死んだら、糸島の碧い海に骨を沈めてくれ。ただそれだけだよ。送別会はしない。

5月20日

「時代を映す絵画たち」というのを、近くの練馬区立美術館で見る。自分の絵が、その中でどう映るか、荻原さん遊びに来ていたので誘う。

俺は戦後派なんだな。懐かしい絵描きたちの絵が、並んでいる。遠い国から伝わってきた抽象に焦った時代。

帰途、補聴器を調整してもらう。自分の五感を器具に頼って生きているのはおかしいが、今にハート屋さん、胃袋屋さんに行って、心臓や胃袋を取り換えてもらうような世の中になるかも。

5月21日

小雨模様、これくらいがいい。抜けるような天気は落ち着かん。ここ数日間のウクライナに関する記事、溜めておいた新聞に目を通す。暗澹とする。

5月22日

井上悟、亡くなったんだ。白根光夫は早かったな。二人はぼくよりひと回りくらい下だろう。絵が好きな男たち。一途さが感じられた。

パリでは、ロルジュなんて良かった。新しい具象の画家たち、ぎらぎらしていた。ミノー、ビュッフェ、今みたいに新しい表現や意識の記念画を描いているのとは違う。

5月23日

首の付け根や肩がこりこりする。病院に行けば、御年配ですから、と丁寧に見放されるだけのことだ。

消える前に、日本の戦争を自分なりに、伝えたいと思うようになってきた。

5月24日

今までのいろんな行為が悔やまれる。別にどうという事もない行きずりの一瞬の行為を、遠い幼い日々から掬い出しては、謝りたい悲しさが沁みてくる。

5月25日

たしかに眠り病という種の、重い症状かも。食事が終わる頃には、もう、うとうと。食事が終わると、知らず熟睡。一日、三度の食事、その合間は、これだ。これじゃ人の二倍生きても割が合わん。

うとうとと夜半、セコムの人が応答のないぼくを案じた千里の連絡で駆け付けた。

5月26日

そうだろな。数日間から向かい合っている五〇号。いったい何を描こうとしているのか。おそらく何も見ていないのだろう。

5月27日

クレアーレの人たち三人、やって来て、郷里の飯塚市体育館の壁面を飾る陶板の仕事。土地の子供たちの絵の中から、ぼくが選んで、レリーフ状に。説明すると、もっともらしいが、粘土細工。面白いんだ。日が暮れて、久し振り近くの蕎麦屋さんに行った。店のカミさんの喜んでくれる事。娑婆はいいなあ。

5月28日

夜は、マミの歓迎晩餐会。ひと月くらい前から日本に戻っていた奥村クンの女房。亭主はとっくに逝ったが、マミのパリ生活、五十年。

フランス人に近づくでないし、日本でもない。強いて言えばただ子供っぽい。

5月29日

福岡の文房堂の親父さんの送別会。二百人ほど集まりました、と報告。

同じ時代を共に流されるというか、生きてきた、そうした記憶が、積み込まれているほど、別離の思いが濃ゆい。

5月30日

横井庄一夫人、死亡と朝刊。九十四歳とある。いま、誰に会いたいか、と問われたら、ふいと横井さんの名前が出てきそうだ。

ぼくと同じ年くらいの仕立職人。ぼくと同じ年頃に兵隊として南方に。

ぼくはソ連国境近くで体力が尽き、内地送還。終戦を迎える頃には元気になり、結婚し、パリで十二年。帰国後、母校の大学で教鞭を執る。

学生たちと、他愛なく喋っている時に、グアム島で、兵隊でいた横井さんが、発見された。長い歳月。たった独り、よくぞ命を保ちつづけたものだ。

人にすがって生きているぼくは、今日、女子医大での診察日。自分の家《ウチ》みたいに廊下を歩く。

5月31日

リハビリの先生。近ごろは、一日が早い、と。うん、すぐ百歳になるよ。

ぼくなんか、朝起きて、うとうとすれば、日が暮れる。何かしようと思っても、時間がない。凄いですね、目を醒ましている間は仕事に熱中ですか。

オ偉イサンの美談は、こうして出来上がるんじゃないか。

6月1日

財団の連中、昼まえからやってきて、アトリエ奥の倉庫に入ったきり。雑多に盛りあがった水彩、デッサンの類。丁寧に調査。

6月2日

もちろん倉庫はガランとしているだろ。ぼくは覗く気もない。あの階段、ひとりで登れなくなったのを、むしろありがたいと思っている。

次第にぼくは逃げる方へ向かって、見つめるような日々に変わってきた。

今朝は庭に長椅子を出して、ただ空の雲行きを眺める。

6月3日

首が右へ傾いて、それっきり、動かそうとすると軋む。

みぞえ画廊の阿部さん、ぼくの郷里、昔の炭坑町に、画廊を出すのだという。ぼくは郷土愛のない男だ。

怒鳴り声、殴り合い、女に抱きつく、あのぎらついた裸の世界は、もうない。

6月4日

福岡県立美術館の顔馴染み二人、来訪。先日、寄贈したベルギーの炭坑デッサン数葉。そのお礼と発表展の打ち合わせ。しばらくして、そこへアーティゾン美術館の今は古株、新人学芸員を連れてやってくる。

6月5日

朝、休みのはずの千里、ふいに現れる。昨日、首が曲がっていたから心配になったという。脳梗塞だったら困る。本当か、それは当のぼくが一番困る。

6月6日

日本テレビ、若い男女、二人来訪。なにやら無言館のことでインタビュ。向こうの質問が、うまく呑み込めない。耳もわるいが、感受性も鈍っているのだろ。首は右傾のまま。

6月7日

午後、リハビリの先生やってくる。早速にも首の曲がりを見てもらう。

首には、首の体操というのがあるんだな。やってると、いくらか気分が良くなった。

6月8日

藝大で、ぼくの教室だった安達君が、個展をやるというので、頼まれていた画集の挨拶文。おそるおそる貰いに来る。

正直に書くぼくの文章、かなり傷つけそうだ。立派な小父さん、七十七にもなると。

6月9日

来週の土曜からまたしても個展。みぞえ画廊が持っているぼくの作品を並べるという。親戚知己、ぼくしか知らない交友関係、自分で宛名を書く。

熱中するほど、体が冷えてゆく。

6月10日

立命館大学の大分県分校に、ぼくの作品を寄贈してもらえないか、とお願いしていた三木さん、当の絵をアトリエで見せられると、安堵した様子。

彼女と入れ違いに、修復研究所から、修復されたぼくの古い作品が届く。パリで

2022年6月

の生活から帰国後、描けない日々が続いていた頃の、悲しい作品。
あの時は、色や形について、何の反応もない自分の感性におののいた。

6月11日

人間の住む地球は、どうなるのか。核を手に入れた人間が、広島・長崎から今日まで、なんの反省もなく一途に、人殺し、地球破壊に向かって突き進んできた。今日のウクライナから全世界に戦場が拡がってゆくだろう。集結した人間の智恵の結果が、これなのか。

6月12日

朝からずっと、案内状の宛名書き。
疲れてくると馬鹿バカしくなってきた。こうまでして自分の作品を見ていただくこともなかろう。俺の死後、ゆっくり見てくれエ。

6月13日

昼から、内幸町の歯科。歯がわるくなるというのは、癪にさわる。傷でもなければ、病気でもない。しかし放ったらかしにできない。

治療終わって、タクシーでの帰り、どうしても、オシッコの我慢が出来ん。やけに赤信号に引っかかる。夕方のラッシュにかかったので、と運ちゃんは言う。ともかくも途中、コンビニに駆け込んで救われた。

6月14日

今日になっても個展の案内状。北斎はこんな事、しなかっただろな。

6月15日

なにもする気にならん。イーゼルの前に立っても何の感興もなし。

昔、軍隊で暗記させられた軍人勅諭。始《はじめ》に能々《よくよく》事の順逆を辨《わきま》へ、理非を考へ、其事《そのこと》は所詮踐《ふ》むへからすと知り、其義《そのぎ》はとても守るへからすと悟りなは、速《すみやか》に止《とどま》るこそよけれ。これは何もしなくてもいいという事かと思っていた。

6月16日

近ごろのぼくの個展案内等は、やたら百歳を謳い文句にする。また、日本人は奇妙なほど、それにひれ伏す。

当のぼくは老人に成りすまし、かなりおかしくなってきた。

6月17日

入江観が日動画廊で個展をやる。同じ風景の中に佇んで、風景の不思議を見つめ続けて、いい歳になったな。

嬉しいのは、銀座で朋輩の絵が観れること。ぼくの世代、ほとんどこの世から消えている。

いつものグループ。沁み沁みと他愛なくぼくたちは集まっている。

予期せぬ事態が起こるものだ。用を済ませて便器をのぞき、ギョッとした。どす黒い血の色。皆に謝り、救急車。東京女子医大へ。

6月18日

昨夜から今日へ、じわりと時が経つ。救急車から降ろされて、病院の一室のベッドに辿り着くまでの検査。

明日はみぞえ画廊で、ぼくの個展。いや、もう今日のことになった。

6月19日

一食も口にしない。腸が破けているのだろう。いつもの病院、前と同じ広い病室へ移される。

部屋が狭いと、ぼくの頭はおかしくなるらしい。贅沢な部屋だが仕方がない。永いあいだ働いてきたから平気で遣ったら、と千里はケチなぼくを嘲う。働く、というのは絵を描くことか、少し違う。

6月20日

新聞を拡げても、テレビをつけても、ただひたすら眠る。このまま永久に目覚めなくても構わんか。

コロナの予防策か、病棟は面会謝絶。いっそ、さっぱりしていていい。

6月21日

ベッドに横たわり、テレビに映る核兵器の恐怖。ここまで辿ってきた人間が。

判断を誤れば、即座に地球はふっ飛ぶ。

6月22日

今日で何日経ったのか。はじめの二、三日は食事なし。それから重湯に替わって、もう何日か経つ。まったく排泄の気配はない。

夕刻、トイレ。適当な分。テキトウ、便利な言葉。

以前にも、そう三、四年くらい前か、大腸が少し破けた。長生きも気を揉む。

6月23日

夜が明けて今日の景色が窓の下に拡がっているのを見ると、しっとりと濡れそぼっているよう。巷に雨の降るごとく我が心にも涙降る。レ・サングルローン・デ・ビオロンヌ……深い声で、韻を踏んで迫ってくる。

6月24日

生まれつき弱い喉が、いつものように痰を少し吐き出す。昼ごろからか、点滴が昼飯になった。少し熱が出た。何のことはない、他の病気が出たらしい。今月が終わると、いつもの糸島での生活に替わるつもり。それが出来ん。

6月25日

未だ点滴の生活、飛行機は変更。コロナで面会できないので、千里との連絡は電話に頼る。閉ざされた生活は寂しかろうと思っていたが、中に入っている方が気楽だな。外はみんな働かされている、元気でな。

6月26日

今日が二十六日だとは、看護師に聞いた。先々の予定は壊れ、病院任せになる、日付はぼくの生活から消えた。

一年で最も長い昼間だ。三度の食事もなければ、排泄の厄介さもない。本当に一日は、延々と暮れない。

6月27日

時には皆と会って食事でもと、銀座に出て、それっきり今日で十日。フランス料理から救急車。馴染みの女子医大。

すべてが快方に向かっている。

6月28日

もう大丈夫。ぐっすり睡《ねむ》る。昼近く、トイレに行くので看護師を呼んでシャワーを浴び、すっかり着替えて、また、睡る。

昼過ぎ、看護師を再度呼ぶ。下着から、ともかくも目を覆う惨状。体から洩れ出した汚物の自覚がない。ぼく自身、痛くも痒くもない、というのが怖い。

6月29日

歯茎が痛む。こんな事で生きているなら、早々にこの世から消えた方が、いいかも知らん。ぼくの事は別として、地球のことは。

権力は生物のすべての、最高の憧れか。それを手にした途端、気が狂う。狂わなければ、あんな大量殺戮は不可能だ。

6月30日

すごい暑さらしい。この病室は調節されているので、試験管の中に住んでいるようなもの。いろんな形で、この世から遠ざかる。

ＭＲＩ検査。数時間にわたって、異次元の空間を突っ走った。と思ったが、わずか十五分くらいの間らしい。

7月1日

自分の体に確信が持てん。全快ですと言われようと、これは駄目と言われようと。ようやくにしてウンチが出る。何日振りか。今、もっとも信頼できる形だ。排泄したモノは看護師に見せるようになっている。

7月2日

楽しく観せようとするテレビの、みるに堪えぬしらじらしさ。誰が歓んでいるのか。それともぼくが、今の人間のお笑いから、ハミ出しているのか。

ああしかし、ずっと棲んでいたいと願うこの世であって欲しい。

7月3日

広い一面の窓ガラスに拡がる夜。幼い頃には、なかった風景だ。歳月をかけ、ゆったりと変わってゆく。

正面のビルは四、五十階もあろうか。夜はただ光の羅列。縦に横に、任意に。それだけに背後の闇が美しい。作りあげたモノには、姑息な小ささ、知らずに露呈したモノには、信じられない力。

7月4日

リハビリというのは、脚の訓練だけかと決めていたが、あるある。唇、頬っぺた、眼をパチパチ、開いたり閉じたり、ただそれだけ。

ベッドの生活では、体の中の些細な動きも弱る。若いころ、三年も四年も寝たきり、それでも体は退化しなかった。人間の耐用年数が終末を迎えたのだ。

朝食にりんごのデザート。噛めない。小さく切ってもらいましょう。と可愛い看護師がいう。俺はとっくにアダムではなくなっているのだな。

7月5日

幾重の雲におおわれた空の中に、正面、一つだけの高いビル。カルロ・カルラが描いた投身自殺の幻影の場面が浮かび上がる。きらめく美しさ。

この世のものではない。しかし以外でもない。絵とは、そういうものなんだろう。

7月6日

窓の向こうに拡がる風景。いつの頃からか、現世での役割は終わったようだ。昼食が済んでから退院。

そのまま車に乗って、まっすぐ歯科医。歯茎の痛みは、かなり辛い。

7月7日

退院は嬉しいことだが、我が家で独り睡る不安。甘えを突きはなす痩せ我慢。取り越し苦労というのが、よくない。夜が明ければ、眼が醒めるのは当たり前だ。

財団の連中、集まって仕事。水彩とデッサン。すべて写真に収め、記録。

7月8日

新聞、雑誌へのエッセイ、推薦文等々。山ちゃん、書庫に入り込んで、独り黙々と整理している。財団、そこまでしてくれるのか。

ぼくとシャバとの触れ合いを辿ると、すべてが偶然の成り行き。はずみの時間の擦れ、場所の違い。それが、まごうことなくぼくの人生を形づくっている。

7月9日

耳がわるくなった。聞きとりにくいのならまだしも、違って聞こえる。今のぼくの日程は、すべて千里任せ。ぼくの好都合な、或いは不都合なスケジュールに従って、動いたり心待ちにしたりする。

そうか、今日が九州へ出立の日じゃなかったのか。

7月10日

油絵の筆も洗った。今のところ原稿もない。絵も原稿も、友人との語らいも読書もテレビも、何ひとつ入り込めない。嫌だ。

7月11日

十一時、家を出て空港に向かう。紙パンツの下着。取り越し苦労とぼくのことを笑う先輩がいたが、まったく。空港までのタクシー、飛行機内、福岡空港から糸島の家まで。トイレを利用できる地点に誤りはないか、排泄をもよおす時間帯に狂いはないか。用心のために機内食はやめておくか。

結局は機内食も心配しながらおいしくいただく。福岡空港に迎えに来てくれた弟の車に収まって、やたらと排泄の虫。ま、いいや、もう味方に囲まれている。着けば、何もかも当たり前だった。いつもの姫島が見えるアトリエ。いつまで地球は安泰か。

7月12日

自分では気付かないが、かなり体は疲れていたらしい。昨夜、風呂から自力で脱出できなかった。

夕方、千里の運転で浜辺へ出る。吹きっさらしの海の家で、志方さんといきなり握手。なんで俺だけ爺々になる。

7月13日

うっそうとした木々の傾斜の奥に独り友人の妻が住んでいる。電話したところ、たちまちに四、五人、仲間が現れて、みんなでお三時。

子供の頃の世の中って、こんなだった。道路に人間だけが歩いていた。みんな歩いて来れるところに住んでいた。

7月14日

コロナのせいではなかろう。人の気配がない。思えば文房堂の主をはじめ、今は絵描きの友人もいない。亡くなったり、気持ちが合わなくなったり、疎遠というのか、ともかく、窓の外に、人の歩いているのを見ない。

7月15日

湯河原のクレアーレ工房から、ぼくがこの四月に造った粘土の人や犬や車が届いた。これに色を付けてくれという注文。

途中までの作品、というのは、どこか気が抜けている。それでもこのアトリエに並べてみると、意欲が湧いてくる。

絵具の溶き油を調合している時に手もとが滑って、瓶を割った。淋しすぎる。そんな年寄りになったのか。

7月16日

太陽も海も、たしかに真夏。しかし人々の嬌声も喧騒もない。コロナとはいえ、こんな岬の突端まで、冬のだんまりが凍りついているのか。いくらか息苦しい。これがぼくを、弱虫にする。

7月17日

砂地を歩くのは久し振り、少し怖い。ここで転ぶと、摑まるものがない。立ち上がれん。今日は海開き。どんなお祭りをするのだろう。

7月18日

雨、誰ひとり前の道に姿を見ない。雨のせいじゃない。ぼくはあまり人好きじゃないが、人がばらばらに生きている世の中は嫌だ。

湯河原の工房から届いた粘土の人形に、彩色してみる。

7月19日

降って湧いたように、一気に仕事の山。粘土のレリーフ彩色、個展案内状の宛名書き。それに諸々の礼状も溜まっている。なによりも、眠気が待ち受けている。

7月20日

ユキ子さんやってくる。千里と三人で、夕暮れの太陽を海っぱたに、佇んで眺める。ウクライナの惨状、国内の元首相暗殺も、自然現象じゃない。

7月21日

四回目のワクチン。だんだん曲がる背骨を、大きく伸ばしたい。困るよ、こんな晩年。

病院の経営による介護施設に立ち寄る。終《ツイ》の住処《スミカ》と思って見ると、世の無常、体の奥底から込み上げてくる。

7月22日

粘土の人形、やけに面白い。面白いばかりでいいんだな。楽しんでばかりでは、とても卑怯な気がするが、いいんだな。

7月23日

ケア・ホームと言うのか、老人ホームと言うのか。一昨日、郊外の施設を、覗いてから、身近に、今後の生き方を考えざるを得なくなった。

今、この世の中で、普通に息を引き取る、というのは恵まれた生涯かもしれん。

7月24日

粘土に油彩というのは、全く合っていない。やっぱり色を焼きつけなくちゃ面白くない。三、四日たって、やっと判った。

ユキ子さんがやって来た。千里が呼んだらしい。ぼくを置いて東京に戻るのが気にかかるらしく、その間のぼくの看視を誰がするか。ともかく周囲に心配かけるのは困る。

7月25日

粘土の人形、いつまで塗ってもキリがない。どう彩色しても終末がない。その日その日の気まぐれで筆を走らせているだけのこと。

暑い日が続く。千里は東京へ戻った。

7月26日

周到に手を回したらしく、片岡さんとユキ子さん、午後やってくる。ついでに百足まで家に入り込んで、いきなりぼくの左腕にキリリ。

驚いたな。痛いのか、怖いのか。ともかくあんなに小さくて、あんなに無気味な生き物。

7月27日

ともかく百一歳の伯父サマの世話というので、ユキ子さんは泊まり込み。彼女が健気に気を遣えば遣うほど、ぼくは力を無くす。動けなくなる。

7月28日

近くの今井さん、彼女がまた、優しく手を差し延べてくれるので、食後をだらしなく寝そべり、いっきに百歳の、老人。

7月29日

夕方、海っぱたに車で運んでもらい、汐風を浴びて、大洋の向こうから戻ってきた気分にひたる。

昼すぎ、ひょっこりと千里が東京から戻ってくる。真夏の陽射し、コロナ。なにか人との交わり、かげろうのように現実感がない。

7月30日

ぼくの、いつもの顔を見て、千里はホッとしたらしい。誰の眼にも、ぼくの様子は老人なのか、手を差し延べたくなるのか。

7月31日

毎朝、体重を量る。ほとんど連日、同じなので記録するのが面倒になってきた。やめていいのだろ、健康への気配りより、気儘に食べ、睡《ねむ》っていればよいのだろう。

2022年8月

8月1日

久し振りにフミ君とジュリーがやってくる。海っぱたへ出る。肥《ふと》っちょのトマソンが泳いでいた。可愛いジュリーとトマソン小父さん。お互い母国語で喋る。耳に響く発音。フランス語は聴こえてこないか。時々あの口にこもる会話を聴きたい。どんなにたどたどしくても喋ってみたい。

8月2日

体が思わしくないと、決まって痛み出す奥歯が、カンシャクをおこす。駅前にある女性歯科医。中学の後輩だから、少し照れくさい。

福岡の街へ出る。先日亡くなった文房堂主の時から催しているサムホール展。今日が初日だが、コロナの御時世。まばらな人出。それでも懐かしい顔と出会う。油絵を描き出した中学一年の時から、ずっと馴染みの店。初代の親父から三代目。おれ、ひつっこいお客だなあ。

8月3日

小ぢんまりした高級ホテル、リゾート用のデラックス別荘にでも案内されたような感じの介護施設を、三人して見て回る。それなり大手の会社の出資らしく、立派。

8月4日

いつの間にこういう老人の棲家が群をなして現れたものか。ぼくは迂闊だ。今まですさんざん話は聞いていた。姉や妹たちの話題にもなっていたし、現に姉は老人ホームと称したそこで生を終えた。

どうして、ぼくは気付かなかったのだろう。人に頼って家事一切、個展の企画、事務、その他、任せっきり。千里が疲れた顔になってきたのも当然だ。いい気な男で、百年経った。

今日も二ヶ所、立派なホームを見学。立派であればあるほど、白々しいものが浮かび上がる。個人が保護され、確立され、独りぼっちにされてゆく。しかし人の手が要るものなら、人にまみれて生きるよりない。

8月5日

余生、というのは優雅な、大事に取り残された短い人生かと思い込んでいた。物の道理に従って壊れてゆくだけなら、放っておいた方がいい。時代が進んで、なまじ延命するから、余生なんぞという期間が生じ、心にもない環境に閉じ込められることになる。

8月6日

福岡市の〈みぞえ画廊〉。そこでぼくの絵の展覧会。七十年くらい前からの作品。よくぞ集めたものだ。

夜、弟夫妻に、小じんまりした日本料理屋で御馳走になる。弟も八十歳をすぎている。

8月7日

三、四日前から遊びに来ていた千里の友人、ハチ公。東京へ帰る。そうなのか、大人になっても呼び寄せたいくらい、話し相手というのが欲しいのか。

8月8日

今から七十年くらい古い話。ぼくの実家に、小柄な宣教師が住んでいた。その人は自分の祖父の妹ではないか、という年配の人が訪ねてきた。生きていると、いろんな事が掘り起こされるものだな。よく覚えている。北島さん、アメリカ人の宣教師、スターキーと呼ぶ華やかな御婦人と共に住んでいて、同じ屋根の下、ぼくの家族は、かなり親しくしていた。

戦争が済んで間もなく、ロクに食べるものはなく、この先、どう生きてゆけばよいのか。あんな時代もあったんだ。近頃は、北島さんみたいに、過去からの使者が展覧会の度に現れる。

8月9日

果物や野菜づくりに熱中している小父さん、かつて大手のお偉さんとは思えない、純情な、絵が好きで困った小父さん、やってくる。

嬉しそうな顔。なにも喋らなくても、ぼくも嬉しくなる。

8月10日

列車に揺られて長崎。今日という日を、ぼくは目安にしてこの数日、過ごしてきた。辿り着くまで、体は保てるか、息切れしないか、排泄の粗相はないか。

長崎県美術館の常設展示室に並べられた、スペインをモチーフにしたぼくの作品。パリで十年を過ごし、ようやくにも画商との契約、順調にいっていた三、四年

目。ぼくの仕事が抽象的になってきたと、画廊。

その頃、象徴的な東洋画に目覚めたぼくは、当時、はやりの抽象画に映ったらしい。気分転換のつもりで出かけたスペイン。一年ほど経った揚句、今までのパリ生活一切を捨てて、東洋の国、日本へ戻った。

長崎の美術館の一室に並べたのは、その折の仕事。

8月11日

ギャラリートークと銘打ったぼくのお喋り。そんなはずじゃなかった。もうぼくは思うように声が出ない。司会者の問いに、ただ返事をすればよい、といった程度のことだったが、壇上では、やたらと喋らされる。なにしろひどいぼくの答弁。

それは昨日のことだが、今日はどっと疲れた。東京から駆けつけた友人たち十人近い。

8月12日

博多駅までの帰りの列車は、嵐の中を突っ走ってかなり揺れた。それにしても、よく体が付いてきたものだ。

8月13日

ぼくの二人の妹たち、その子供もふくめて、ずらりとやってきた。ぼくは疲れ果てて、ただ大きく育った子供たちを眺めていた。今の若い子の日本語は、おかしい。九十を過ぎた二人の妹たち、これは喋る以前、ともかく、よく、聞こえていないらしい。

8月14日

一人、二人、と去っていった一行。ついに千里も東京へ戻り、ぼく一人になった。独りというのは得がたい。

8月15日

ひとりでいると、いつも眠い。大きな梨が届く。小野さんからだ。毎年、送ってくれる。

五十年近くもなろうか、ＮＨＫの取材で、カメラマンの小野さん、編集の人、三人で戦歿画学生の家々を訪ねて以来の、今に至る交友だ。

辛い目にも会うので、編集の人は途中で投げ出したりしたが、絵描きの倅に生まれた小野さん、とことん食らい付いた。嬉しかった。未だに忘れられん。

8月16日

チビッ子たち数人、浜辺で遊んでいる。これっぽっちの風景。地球の上には、もうこれだけしかないのか。海の向こうは、どうなっているのか。

8月17日

昨日からユキ子さんが来てくれている。夕暮れの光が斜めに入るアトリエの中で、ユキ子さん、大きく声を張りあげて歌の練習。

ずいぶん大きな声が出るものだな。あたりの壁に響く。音楽学校出身、いやあびっくりした。

絵を描くため美術学校に行っても、こんなに色は出せない、描けない。

8月18日

夕方、千里、東京から戻ってきて、財団の仕事、だいぶ進んだという。皆さんすまん。

久しぶり、少し離れた海鮮寿司に千里、ユキ子と行く。かれこれ二十年にはなりますね、と寿司屋の親父さん。そうだろな、ぼくのカミさん、亡くなってたからなあ。

8月19日

午後、リハビリの若い男女、やってくる。のっけから、ぼくをギョージさんと呼ぶ。今まで初対面の人からギョージさんと呼ばれたことはない。

西欧化してきたな。姓じゃなく、個人名で名指す。リハビリの人たちは、どこで仕入れたか。知らぬ間に、姓名の姓は親しい人たちの間から省かれてゆくだろう。

8月20日

ぼくはすっかり怠け者になった。なににも興味を失くし、ひたすらソファに横たわる。

男子トイレで用を足している横の爺さんが、長いこと同じポーズだ。若いときは、あんなに歯切れがよかったのにと、ぼくに語りかける。

とても口惜《くや》しそう。たぶん、家庭で苦情が出ているのだろう。

8月21日

ずっとアトリエに入らない。いくら眠いとは言いながら冗談じゃない。なんとか眠けを払いのけ、ようやくアトリエへ辿りつく。

夕方、コンちゃんがおいしそうな夕飯を運んでくれる。

珍しいね。近ごろ絵描きさんが来るなんて。絵描きという職業が、かなりすたれて来た。そういう世の中に改造された。

8月22日

やたら雨漏り。住んでいて、脅かされることはないが、心細い。こういうのを陋居《ろうきょ》というのだろうか。
あと僅かでこの世を去るが、その期間だけの修理、というのはないか。この世で損はしたくない。どうせ一斉に吐き出すものなら、なにもケチることはないのに。旧友、やってくる。この近くに親戚のフミ君が住みたいというので、建築を頼んだが、いつ出来るのか。あまり待てないぞ。
そうだな、芸術家というのは、この世での暮らしか、その気がないのか。

8月23日

夜、フランス料理店のニコラで、江頭夫妻と。飲んでも食っても話題は体のことになる。医者は気の毒だな。江頭ドクター、おいしい肉をぱくつきながら、やはり医学の話。来年になれば江頭ドクターの肝煎りで老人ホームが出来あがる。ぼくを預かってくれる約束。

8月24日

やたらと蟬が鳴く。歯科に行った。生きている限り、痛いところがある。

8月25日

千里の運転で八木山越え。飯塚へ着いた途端の穂波川ぞいに、立派な画廊。私設美術館。ぼくの名前が刻んである。

ある御仁が、立派な館を提供し、折々に買い求めたぼくの絵をその壁に飾り、皆さんに観ていただく。

主は、人々の中にぼくを見つけるなり、やあと声をかけた。絵が好きなのか、ぼくの絵が好きなのか。飯塚はいいところですな。いい触れ合いだ。

以前は煙もうもうとした炭坑地帯だった。

ぼくはこの地で生まれ、ここで育った。地底から火が噴きあげてくるような荒々しい土地だ。

石炭にならない石ころは廃棄され続け、小山のように積み重なり、ピラミッド状になって荒涼とした侘しさを織りなしていた、ボタ山。ぼくの造形の原点はボタ山だと人は言う。

8月26日

北島という、一見、会社員のように見える宣教師が訪ねてくる。戦争が終わった今から七十年以上前、ぼくの実家に、スターキーというアメリカ人と、北島というかなり年配の御婦人、宣教師が住んでいた。

訪ねてきた男の人は、北島さんの一族らしい。生きていると、いろんな想い出に出合う。

8月27日

仲良しの首藤ちゃん、やってくる。夜、三人で「無言館」と題したテレビを観る。ぼくの役は寺尾聡。

実感とは切り離れた、別の世界。そう思っても、なにか違う。

8月28日

首藤ちゃん、ひとり飯塚へ、ぼくの私設美術館を観に行く。ぼくの絵を集める人。集まった絵を観に行く人。不思議でならん。

夜、ぼくの妹たち、その子供たち、大勢で食卓を囲む。何回聴いても忘れる。和子、九十六歳。信子、八十九歳。この世を去る時は、みんな一斉の、あわただしさだろう。

8月29日

以前、首藤ちゃんを描いた時は、頬がふっくらとしていた。利口そうな表情は変わらん。久し振り、ありがとう。

8月30日

晩年の北斎のような、あの集中力はどこから来るのか。この数日、キャンバス並べて、なに一つ浮かんでこない。

8月31日

脅かされていた台風も、過ぎ去ったらしい。八月も今日で終わる。ただ眺めるだけの海。広すぎる。

9月1日

新たに台風が来る、と脅かされる。昨日と打って変わって激しい雨脚。ずっとここで働いている片岡さんが、千里が東京へ戻る数日を、寝泊りに来てくれる。独りで過ごす訳にはゆかんのか。やはり保護されて暮らすのか。日常の寝起きに、これほど不器用だとは知らなかった。今まで気づかずに生きてこれたのは、よほどの幸運に恵まれていたのだろう。

9月2日

なんにもしないで夏が終わる。日が暮れる前に千里が、東京から戻ってきた。いや、やって来た。

ぼくはここに独り住んでいる。それでいて、坐っても横になっても安息がない。一人占めの放心がない。

9月3日

萩原さんがやってきて、千里は飯塚の画廊まで案内する。近頃、千里は外から帰ってくると機嫌がわるい。疲れているのだろう。ぼくの世話で、いささか途方にくれているのか。

9月4日

嵐が来る。海が遠くなり、季節は消えた。若い時は、終日、のんべんだらりとしていても快活でいられた。どうして今。

9月5日

クレアーレの人たち三人やってくる。飯塚市体育館の壁面の仕事で、ぼくの郷里の仕事はすべて終わる。やって来た面々もそのつもりで、レイアウトを手伝ってくれる。

9月6日

大勢そろって、二台の車、田畑の中をしばらく走る。お昼を食いに。妙なもんだな。卵を割って、白い御飯にかけるだけ、ただこの卵がめっぽうおいしい。それにしてもだ、ただ生卵だけ、というのは、奇妙な憧れの食事。

9月7日

せっかく海のそばまで来て雨。泳ぐ気分をそがれて、学生寮みたいに皆でバカ話をやって、それにも飽きて、夕方みんなは東京へ。

9月8日

エウレカ。覚えにくい名称だな。牧野さんが、長いこと働いていた画廊が店じまいになり、一本立ちした。

彼女の細腕、がんばれよ。応援のつもりで並べたぼくの小品展。

9月9日

歯の治療に行ったり、リハビリのお姉ちゃんが来たり。何よりも本棚の整理に、山ちゃんは奮闘。

ぎっしり壁にへばりついた本の類を、要る本、捨てる本の分別。厄介なのは、その決断つけがたい類。

二、三日まえからぼくも一緒になって捨てる本に血まなこ。思いもかけず出てくるスナップ写真の数々。これは現代の大きな問題。放っていれば折々が山となるはず。

9月10日

区切られた別荘地帯、ラウベン・コロニー。ここの住民たちの規約に違反と言われている人が訪ねてくる。

たしかに違反だったので規約通りに改造した。だけど、それでも不服だと受け付けてくれん、と言う。さっそく委員の一人に問い合わせてみると、あれは納得できる改築ではない、と。

どちらの言い分も正しいので、厄介。かつて、ぼくはここの理事長をやらされたが、双方、熱くなる、こじれる。

9月11日

写真の山。いつの間にか、もう、どうしようもない。その山を要る、要らん、との選別、未練の問題だ。

9月12日

先日聞いた、このラウベンのいざこざ、やけに気になる。実情が真っ二つに割れる。こんな明快な喧嘩はない。人の屯するところ、厄介だなあ。

夕方からユキ子さん、やってくる。千里が周到に手を打っている。彼女は夕飯を共にして、明朝は仕事で、おいとまする由。

そんなにもおれ独りでの寝起きは不安なのか。百歳を超えたという事ばかり頭にあるんだ。

9月13日

このところ、ウクライナの戦況はあまり入ってこなくなった。不気味だ。それとは打って変わって華やかにイギリス女王の死が報じられている。生前の彼女の美事さを讃え、お祭りのように連日、テレビを賑わす。

日本の国葬、安倍晋三氏の問題、どうする茶番劇。

9月14日

昼からユキ子さん来てくれる。一日に三度の飯というのは面倒すぎる。

しかしユキ子さんも、だいぶ馴れたとみえる。夕方は久し振り二人で浜辺に出た。

9月15日

描きかけのキャンバスを横目に、新しいキャンバスに向かう。久し振りにシャワーを浴びて寝る。

夜明け、トイレに立って、脚がもつれ、頭がぐらりとした。全身、どっと床にたたきつけられる。左肩、骨折。

9月16日

どの時点から今日というのだろう。身体が倒れる時の響きなのか、打ちのめされて、もう立てるような生きものではなかった。

湯殿から少し距離を置いた部屋に眠っているユキ子さんに、助けてくれえと根かぎり喚く。

けたたましく救急車がぼくを乗せて走り出したとき、夜半の三時を過ぎていたと思う。

9月17日

長生きだの健康だのと言われながら、救急車にはよく乗る。闇の中を走る。

ぶち当たった左肩が痛む。左鎖骨が折れているらしい。

看護の彼女たち、九州弁。そうか江頭先生の病院。週末は江頭夫妻とフランス料理の約束だったが、なんと、あんなにも怖れていた入院。病状はともかく病床生活は脚が弱る。

幼い頃から、ぼくは立って、絵を描く。そのままこの年になるまで変わらん。というより、その姿でないと、発想が浮かばない。ま、愚痴はよそう。

9月18日

今は入院患者以外、病室には入れない規則。入院生活のための必要品を持ってきてもらいたいのだが、連絡がとれん。

廊下から千里が手を振っている。

明日あたり、かつてない風速の台風が予想されている。その前に着いたのは一安心。

9月19日

わがことのように江頭ドクター、病室のぼくを勇気づけにやって来てくれる。こんな所で会っちゃ困る。患者と院長先生。

嵐は過ぎ去ったらしい。しかし乳白色の雲は窓の向こう側で、ひしめいている。

9月20日

エリザベス女王の葬儀、テレビで連日、賑わっている。女王が、女王の位につかれたの

は、今から七十年も昔のことになったのか。当時、ぼくはパリにいて、その戴冠式に来られた日本の皇太子を迎えてのパーティに出た。

あえて思いめぐらす訳ではないが、なんだかこの世が儚く、空しく、すべて一瞬の映像のよう。

9月21日

左肩はずっと不安。しかし治るまで入院していると、歩行困難ともなりかねん。

今日、そそくさと迎えに来てもらって退院。

アトリエの隅に、簡単なベッドを入れ、三度の食事もベッドの側。階段の昇り降りできない状況では、こうするより致し方ない。みんなには、とてつもない厄介ごとになろうが。

9月22日

ユキ子さんも手伝いに来てくれて、女二人、たいへんな世話のやきよう。それなりに疲れたのか、静かに眠れた。

午後、平間さん、アーティゾン美術館の後輩を連れて、やってくる。ぼくは喋ってばかり。客が帰ってから、いつも後悔する。

9月23日

アトリエの、高い天井の窓から、仄かな光。ぼくは静かに生から放れようとしている。こんなにも憂いなく、この世から、霊府へ移り変われるのか。

雨らしい。バルコニイはしめやかに濡れている。

9月24日

昼寝をする間もなく、福岡県立美術館の西本さん、同館の岡部さんとやって来る。今年の暮れ、美術館でぼくの展覧会の約束。

個々の作品について、それが出来上がるまでの、情況、気持ちの関わり方。いろんな角度から質問。ぼくもまた、調子にのって、モデルになった人々との交友、果てしがない。電話も一般に普及していない時代。訪ねて行くのも、たいへん、そんな苦労話まで交えていると、キリがない。坂本繁二郎を訪ねての対談。これはぼくのインタビュー歴からいっても抜群。

9月25日

階段を歩けないから、階の違うトイレは無理。思案の末のこの始末。ベッドを入れ、冷蔵庫を据え、電熱を差し込み、千里は一匹の巣を作った。

怠け者になる。

9月26日

正気じゃないな、この眠り。千里は取り敢えず東京へ戻った。夢の合間に手を振った。

夕方、片岡さん顔を出す。ぼくを見守るメンバーが構成されているらしい。絵の世界が遠くなる。眠っていなければ、いつでもキャンバスに向かえるアトリエの中に、四六時中いながらの事だ。

9月27日

左手が動かせない。ただそれだけの障害のはずが、片手落ち。こんなにも動きを閉ざされるとは予想もしなかった。もともとぼくは臆病な男。

9月28日

かなり前、岩場で転倒し顔面を血だらけにして、治療を受けた田中外科。再三の失態に、優しく接してくれてありがたい。

左肩の骨は、今のところ順調にいっている。次回は半月ほど先で、と嬉しい診察を受けて帰宅。

9月29日

月刊の美術雑誌、折々の展覧会案内は、みんな知らない画家。いったい俺はどこに住んでいるのか。

美術館から送られてくるカタログまで漫画。今は愚痴で済むが、次世代はどうなる。

9月30日

せっかくだ、夏の名残を浴びようと、バルコニイで上半身を晒す。もろに当たる陽は、強い。

どうして俺は絵描きと称している。絵描きとは何なのか。年末に催される県立美術館での展覧会を控えて、「絵を描くと言うのは、どういうことか」と一筆、挨拶文を頼まれた。

10月1日

ぼくにとって絵描きという職業はない。またしても堂々めぐり。

若い女のひとが、ぼくのリハビリにやってくる。若い、幼いように若い。

彼女はぼくを、すぐ近くまで散歩に連れ出した。

夜明けに、右脚の踵が、いきなり痛みだし、百足。痛みより、見ると怖い。

10月2日

一週間ぶりに東京から戻ってきた千里のいろんな土産話。俺の東京は遠くなった。

昨日までの一週間は、片岡病棟、今日から千里の看護下。ベッドが似合うようになってきた。

10月3日

アトリエでの寝起きにも、少し馴れてきた。隅っこに置いたベッドから、すぐ傍らのテーブルで朝の食事。怠け者のぼくには持ってこいの仮住居。

年末、福岡県立美術館で回顧展。その図録に載っける挨拶文、なんと書こう。もう充分に述べてきた。

10月4日

予約していた、さくら病院。思わぬことになった。果たして自分の脚で、二階までの階段を昇り、千里が運転する車の座席まで辿れるか。

怖い。怖さが先に立つと駄目だな。診察室での江頭ドクター、ごく当たり前のように診たあとで、今月末ごろ、フランス料理を食べに、いかがですか。医者はこの怖さ、判ってるのかな。

10月5日

すべては予定通りにゆく。厄介なのは、個展のカタログに載っける文章。

わずか原稿用紙四枚。すらすらと書いたつもりが、あとの二枚、どうもおかしい。

千里も、よく解らんという。

しかしどう解らんのか、皆目、見当がつかん。

10月6日

以前は、こういう事はなかった。自分が書いた自分の文章の意味が解らんのだ。

わずか四枚、なにを書こうとしているのか、痴呆症みたいだ。いや事実そうなんだろう。老人になった。

10月7日

ひたすら四枚の文章と、にらみ合い、一日を過ごす。ゴキブリの死骸がトイレの隅に転がっているのを見る。そうか季節は変わったんだ。

10月8日

早く肩の骨、治ってくれないか。なんとか読める原稿になってくれないか。雨が降っているわけでもないのに、蝸牛がバルコニイの上で動かない。ロンドンっ子のジュリイは、小さく感動する。お友だち、困ってるよ。

10月9日

午後からひどい雨。東京では財団の仕事が待っている。千里、やや小降りになってから東京へ向かう。

10月10日

ユキ子さんがやって来て、今週いっぱい、ぼくの世話役。もう心配かけたくないのだが、どうしてもぼくを独りぼっちで放っとくわけにはゆかんと言う。どうしたことか、鼻水が止めどなくなり、何をするにしても垂れ流しの状態。肩の骨折で、用心しながらぼくは、手紙を書いたり、日記を付ける。

10月11日

まるで水道の管が壊れたよう。鼻水が尾を引きながらついてくる。いつまでこの無気力の日々を繰り返す。

もうムキになっているのだろう。年末から始まる個展の挨拶文。いまだに書き終えない。たかが四枚。そう言い続けて、もう半月近い。参ったな。同じ言葉の堂々めぐり。読む側に、やたら無意味な言葉を投げかけて、読んでいるぼく自身、わけが分からなくなってきた。

10月12日

鼻風邪だと、ただ小さくなっていても弱るだけだと、ユキ子さん、ぼくを田中外科へ連れて行く。

肩の骨、うまく繫がりそう、との反応に、ホッとする。ヘタをすると、違う箇所に繫がったりするそうな。まるで人間並みだな。

調子にのって海岸線を走ってもらい、江戸時代からの製法による塩屋を、ユキ子さんに案内。

10月13日

まだ四枚の原稿に、こだわっている。病気は続いているようだ。

返事のいる用件や、近況報告。じわりと溜まってきた。みんな繰り返し病だ。頭がうつろになってゆくのが自分に分かる。

10月14日

そっと寒さが、身のまわりを囲みはじめた。病室を出て、だだっ広いアトリエに寝起きするようになってから、いきなり秋。肩の骨が治るまでは、トイレに近いこの場所からは離れられん。

10月15日

ずっと独りっきりのようにも思えるし、いつも誰彼の訪問を受けているような気忙しさもおぼえる。千里は、鳥のように目先の落ち着かんぼくを見て、日本一忙しい百歳、と笑う。

10月16日

一週間ぶりに千里、東京から戻ってくる。その間、ぼくの日々の世話をしてくれていたユキ子さん、見事なバトン・タッチ。

財団の仕事、だいぶ進んでいるらしいが、親方のぼくが、こうも片腕動かず、左脚、かばうようでは。

10月17日

歯科医。せっかくこの歳まで生きたんだ。もう少し許してもらえんか。

晶文社からの訪問。無言館の本出版についてインタビュ。

二、三日まえ、食事用ワインを、ユキ子さんと、物置の冷蔵庫に選びに行って、結構いいのがあった。彼女がぼくの甥と結婚した年というので赤ワインをあけた。ぐいぐい飲んだ。甥は二十年前に亡くなっている。

千里が、台所に転がっている瓶を目にして、顔色を変えた。誰がこれを飲んだ、どうして飲んだ。小さい酒蔵になっている冷蔵庫を、ふだんは見もしないのに。これはロマネ・コンティ。

大変なことをしたらしい。ユキ子さんと二人して夕食のときに空けたワインは、とんでもなく高価。

10月18日

知らずに飲むと、味は伝わってこないものか。味のわからんぼくは、むしろ知らないことの幸福について考えさせられる。

千里は一口だけでも、と涙を流す。

親しい友人に問い合わせると、ワインも取引している彼は、あれば欲しい。これはいったい何だろう。亡くなった女房のコレクション。なければ、いまの不幸もない。闇で一千万円以上という報せが入ってくる。

あってもなくても今のぼくに何の変わりもないが、買えるものなら手に入れて、もとの冷蔵庫に収めたい。ロマネ・コンティとは、ぼくにとってこの世の何だろう。

県立美術館の西本さん岡部さん来訪。年末の個展の打ち合わせで毎日多忙。思うように仕事ができん。

10月19日

先日までの小品展、エウレカの女主が挨拶にやってくる。ぼくはまだロマネ・コンティという虚像が、取りついたまま。そうか空瓶まで闇業者に売れるのか。

10月20日

このあたりの知人、三、四人。無言館の事を知りたいと来訪。何ヶ月か前、テレビで無言館のドラマがあったせいだ。県立美術館から三名、ぼくの図録をずっと手がけている鎌ちゃんも来訪。喋りすぎか、いくらか貧血気味になり、ぼくはベッドに横たわる。

10月21日

ロマネ・コンティはまだ頭から離れない。それが名品であるとは知らない。しかしぼくの無知がロマネ・コンティの尊厳を傷つけた。

10月22日

昨日は太一がやってきた。母が福岡の住居を引き払って施設に入るので、お別れ会を、との相談。排泄が大変な母親を、思うのは良いが、ぼくにとってのかわいい妹の老醜を人の目に晒すことになると、可哀想だ。

一日中、千里や太一や片岡さんと、その事を語り合った。

10月23日

千里、再び帰京。いつまで皆に、こんな生活を強いるのか。三度の食事、就寝。それだけの、しかし厄介な日課をこなすために、みんな、総動員。ぼく自身は、午前も午後も昼寝。

食事中は睡《ねむ》らないで、と千里が言うはずだ。折角、丹精込めた食事の場なのに。

10月24日

朝から晩まで何もしない怠け者、それなり、ちゃっかりと昼寝。

大人になると、そんな日もあるのか。

10月25日

お昼を一緒にしましょうと、水口さんが、二、三の女友だちを誘って来訪。

彼女たちが丹精こめたであろう料理を、喋りながら、パクパク食べていると、いつの間にか時間が過ぎた。
体の不具合から、アトリエに仮のベッドを置き、絵具台の上で食事。この不自由さが、皆さん楽しかったのか。

10月26日

シャワーを浴びる。わざわざ記録することもないが、ぼくにとっては一大事。なにしろ子供の時から、風呂嫌い。しかし脚が駄目になってから、この雑事は、主体のぼくを離れ、当日のお手伝い任せになっている。
日々交代する彼女たち、体に石鹼をつけて洗ってくれる。百歳を過ぎた爺々、今更羞《はずか》しがる筋合いでもないが、こうまで人々をわずらわして生きのびるのは、傲慢ではなかろうか。

10月27日

肩の痛み、もういい加減、普通になってもいいと思うが、これは年齢から来る恐怖心か。日、一日と命は削られてる。

10月28日

この二、三日、お昼の陽なたぼっこ。太陽に当てることで、早く癒るかな。

10月29日

飯塚の体育館、その壁を飾るレリーフ。それに関する所見、というか、短い感想を、という注文、六百字。今は文字を並べるのに骨が折れる。前日書き終えたつもりで、今日読み直してみると、何を伝えようとしているのか、わずか原稿用紙一枚半なのに。

10月30日

レリーフの、注文の字数は三百字とか。折角、まとめてみれば、この始末。

10月31日

県立美術館での展覧会が、年末に控えている。図録の打ち合わせで三、四人、昼の食事も慌てて、このところ落ち着かん。

展覧会開催中の、いわゆるグッズ商品、これもぼくの作品から応用。

11月1日

西日本文化協会から三人来訪。パブリックアートについて。今までにぼくは、かなりの作品を創っている。ガラスのアートや粘土、モザイック。面白くて、やめられん。

11月2日

田中外科、肩の骨の具合を受診。賞《ほ》められた。あと半月もすれば、普通になるだろう、とのお墨付き。

午後、絵好きな加藤さん、やってくる。かなりぼくの作品を集めている。一〇号くらいの古いキャンバス。パリ、ノートルダムの偉容。一九五五年と記している。

11月3日

県立美術館の学芸員、カタログ担当、大勢で賑やかに意見交換。このところ個展ばかり。それぞれのカタログ、たしかに長生きしたんだ。あんなに遊びほうけて、いつの間にか、作品が溜まっている。

11月4日

さくら病院。江頭ドクターも歳になったのか、近頃はめったに二人して飲むこともなくなった。病院の待合室でまたしても原稿に追われる。展覧会のカタログ用。同じような内容になっても仕方がない。

11月5日

昨夜はおいしいフランス料理。江頭ドクター夫妻と。会えば気晴らしになる。会えない人とは文通。綴っている間は、会っているような気分。

11月6日

午後おそく、千里は東京へ戻る。東京では見たい展覧会が二つ三つある。口惜しい。

福岡にいる妹の和子が、もう体具合ままならんのか、東京にいる倅の近くの、介護施設に行く。

ぼくの兄弟、この歳になっても健在。それだけに一人弱ると、ドミノ倒し。

11月7日

ロマネ・コンティの件も過ぎてユキ子さん、いつものように、手伝ってくれる。

11月8日

皆既月食。以前にも皆につられて皆既日食を、小さいガラスに墨を付けて眺めたりしたことがある。

ただ、夜中にトイレに立ったぼくの眼に、バルコニイが浮き上がり、煌々と光を放っていて、誰もいない影が住んでいた。

11月9日

こんなおかしな文章。一昨日渡した県立美術館での個展挨拶文、何を書いているのか、自分で読んでも判らん。

人との会話もそう。いいや言った、言わない、で揉める。できることなら、人と会わないことだ。

11月10日

ずっと我慢の歯。あれから何日経ったか、痛くてたまらん。この先、長く生きてはいない、見逃してくれエ。

歯科医だけが今日の救いだった。夜になって、補聴器が片方、はずれている事に気付いたが、どこに置き忘れたものか、何をやっても手につかん。

消えた補聴器、失くなる訳がない。落ち着かんので、片岡さんに頼んで、アトリエの棚を整理する。

以前の珍しい絵も出てきた。良かれ悪しかれ、ぼくの若い日の軌跡。

11月11日

運動療法士の彼女、仕事でやってきながら、ぼくや片岡さんと一緒になって、片方の補聴器を捜す。落ち着かん。

11月12日

アトリエの棚を、片岡さんに頼んで調査。ありがたいな。こんなに以前の作品が眠っているとは知らなかった。

美校時代の作品、戦後まもない水彩画、それに折々の版画。少しは残っていたのか。懐かしい。

11月13日

千里、東京から戻ってくる。彼女はいろいろ報告するが、ガラ空きの耳にはうまく伝わらん。

こんな事があるのか、千里、机の上に眼をやって、これどうしたの、と補聴器を、つまみあげた。

いったい、どうなっているのだろう。ぼくも片岡さんも、あんなに連日捜したのに、千里はなにげなくぼくに渡す。

以前にも、これに似たような現象に出会った事がある。あんなにも捜し回ったモノが、ずっと二人の眼の前に転がっていたなんて。

11月14日

昼まえに、フミ君夫妻やってくる。よう

やくと言うか、やっとここまで漕ぎつけた。一昨年から工事にかかっていた別荘の棟上げ。

今年いっぱいにはできあがるだろ、住めるだろ。賑やかになるな。

滝さんの新聞コラム「私の履歴書」が一冊の本になる。装画がぼくの絵、これが面白い。

本人には思いもよらん使い方。

11月15日

中日新聞の記者、無言館の取材で来訪。これ今まで何度、喋っただろう。今また戦争の煙がただよう。これまでの取材と違い一時期の思いではなくて、戦争の在り方の実相をさぐる気配。

11月16日

先日来、ノートルダム寺院の油絵を置いて帰った加藤さん来訪。一九五五年の作。つたなくて懐かしい。作者不明の絵も数点。こういうのは面白い。中に宇治山哲平さんの油絵二点。そうだ一度、加藤さんの手作り美術館を訪ねよう。

11月17日

歯茎が弱って、今にも歯は落ちそうと歯科医。いろんな部分にガタが来て、命はそこまでということだろう。

千里は文房堂の主に誘われて、近くの宝満山へ。千メートルもない山だけれど、山登りは初めてなのか、かなり疲れ、しかし予期せぬ達成感にはしゃぐ。

11月18日

毎週金曜日の四時すぎ、リハビリの女の子が、やってくる。女の子としか言いようのない、あどけなさを覚えるが、ぼくが本当の爺々と化したせいか。

近頃は、次の世紀の人類と出会うような、もの珍しさ。

11月19日

近々、日本交通文化協会創立の、五十周年記念パーティ。ぼくは出席できる体ではないので、ビデオレター撮影。五分程度の挨拶。地下鉄や空港の壁面に描いたパブリック・アートについての思うところを、ちょっぴり。

11月20日

ぼくの財団の仕事で、千里は東京に発つ。代わりにぼくの身辺の雑事をしてくれる、いつものお手伝いの彼女。

いろんな手助けの人で生き延びているのは申し訳ない。あまえていいのか。

11月21日

小刻みに痛むのは、なんともやりきれん。連れられて、歯の治療。

夜半、トイレからの景色。この世とは思えん。窓いっぱい空と海とに分かれて、暗い雲の明かり。この風景の中に紛れたくて、ここに住んでいるのかもしれん。

11月22日

アトリエの隅に積みあげていた水彩、デッサンを引っぱり出して、残すか捨てるか。これが厄介。本人の決断にかかっている、煮えきらん。

11月23日

寂しい空、海。季節を失くしたような拡がり。絵を描こう。空しくて、やり切れん。

やはり、そうか。手足は思うように動いてはくれん。描こうと画面に手を伸ばすと、よろける。

危ない。脚がよろけるのなら防げるが、頭がよろける。

11月24日

年末には早かろうと思うが、喪中挨拶が少しずつ届く。ぼくの知人たちではない、ほとんどその縁故先。

ぼくの絵を愛している絵描きの友人も少ないだろうが。

11月25日

歯が痛む、というのは命とかかわりないし、今日がどうこうという訳でもないが、困る。今は痛がっているだけで一日がつぶれる。

金曜日になると、リハビリのお姉さんがやってくる。たかだか一時間のことなのに、終わると、とっぷり、夜の気配。

11月26日

とうとう今日になった。妹の和子を盛大に送ろうという日。もう一人で暮らせないと倅の住んでいる関東の方へ、長年住んだ福岡を離れる決断。かけがえのない郷里、すでに亭主はこの土地で他界。

昭和の初め頃に生まれた和子。排泄、しくじったらどうしよう、ぼくは祈った。一族、三十名。縁者の集まりも、これが最後か。

11月27日

ニッケイの浅井ちゃん、京都からやってくる。彼女は大変に忙しい。今の世の中、人柄によって働き方、暇と、多忙と、極端に分かれる。

寿司屋に出かけた留守の家に、ロマネ・コンティの身代わりワイン、配達の伝票が入っていた。

しまった、永久におれの手許には戻ってこないのではないか。

11月28日

本当に、怠け者になったと思う。つい先日までは、アトリエに入って絵ばかり描いていた、と千里は言う。今は朝の食事が終わるなり、ソファでそれっきり横になって眠る。どういう思いで生きているのか。

11月29日

久し振りだな毛利さん。平凡社にいたアッコちゃんとやってくる。またしても女性ばかり、壊れた玩具みたいなぼく、久し振りに磯の屋で、うに丼の昼食。石垣でできた船着場。この界隈、江戸時代の風情がある。

11月30日

朝から西嶋さん来訪。テレビ局を停《や》めて、ひとり立ち。手伝っていた二、三の助手もいない。意地っぱり、苦労が多いだろう。

昼すぎ、インタビュと制作現場、撮影。この人とは、いつの間にか長い付き合い。パリにも撮影で、ぼくに密着。

12月1日

いい天気、近くのリゾート海岸に出て、お三時みたいな昼食を、千里と食べた。このあたり、いつも若い男女で賑わっている。

若いカップルが犬を連れてやって来た。イギリスのステッキで出来あがったような。ほんとうに犬なのか。

今に、犬を越えて、例えば鰐。手綱の先に、首輪をはめられて歩く。人間の志向は飽くことがない。ペンギンを連れ歩くことになるかもしれん。

12月2日

朝から、さくら病院。定期的な診療。ここでは、いつも賞《ほ》められる。しかし依然として、よたよたの松葉杖。

お昼を街で摂って文房堂。久し振り絵具の見物。チューブや筆が瑞々しく、見ているだけで、心がうずく。

せっかくだ、街に出たついで、歯の治療。千里は老人のぼくを、あちこち運び込む。

12月3日

昼に、県立美術館から約束の二人来訪。展覧会の細かな打ち合わせ、あと二週間。疲れた。ベッドに伏せて、気がつくと部屋には誰もいない。日が暮れかかっている。

12月4日

海面が照りかえるように美しい。島も空もそれぞれの光が交じりあう。叫びたい。夜半、暗く沈んだ月影の海の、引き込む闇の深さ。

12月5日

アトリエにベッドを持ち込んで、もう幾ヶ月たつだろう。ぐっすり睡《ねむ》れる。骨折の具合はいい。トイレへの階段も、もう平気な今となっては、アトリエを引きあげてもいい。

アトリエで寝起きすれば、すぐにも絵が描ける、と思い込んでいたが、何と、ひっきりなしの来客。ほとんどが仕事がらみ。どうしてこんなに増えたのか。回顧展の準備。これは致し方ない。体の治療、報道関係のインタビュ。百歳という年齢のせい。

残り少ない命、今頃になって。

12月6日

ワールドカップのせいか、近頃スポーツのことばかり新聞もテレビも。気が付けば、今年もあと僅か。

老人に、今日という意識はないのか。ただ肌寒い。うとうと日が流れてゆくだけ。

12月7日

歯科医に行く。狭い待合室に、ぼくの個展ポスターが目立つ。患者さんにぼくを紹介し、たいしたもんですね、と囁く。

12月8日

午前中、少しばかり絵を描いた。それっきり午後、昼寝。夕食後、これも昼寝の続き。狂ってる。どこかが壊れている。たったあれだけキャンバスの周りをうろうろしただけで、もう横にならないと、体はもたんのか。

12月9日

夜空の闇が冴え渡って、海面が強く拡がっている。この何処かにぼくの体は入り込めないか。一体になって溶けてしまわないか。

年の瀬の御歳暮が届く。喪中の挨拶が届く。クリスマス・カードが紛れこむ。ぼくはほとんどの人と無縁に生きているので、遠くで海鳴りを聴く思いだ。

12月10日

ガラス窓の広さはいっぱいなのに、直接、陽の当たる場所がない。ずっと室内で暮らして、体はふやけているように薄っぺらい。せっかく睡気《ねむけ》から解放されて、ただ太陽に当たるだけ。

したい事はいっぱいある。一度にできないことは解っているが、もう少し眼をさまして、ともかく動かなくちゃ。

12月11日

千里が東京から戻ってくる。わりと陽気。向こうでは充分に休養がとれたんだろう。

テレビは連日、サッカーを追いかけて、いくら何でもこの国はスポーツしかやっていないのか。それにまつわる悪徳業者、政治家。時代がどう移り変わってもこのザマか。

12月12日

テレビ信州、こんな遠いところまで、無言館の話を聞きたくて、重い撮影の機材をひっさげてやってくる。

以前、戦時中の話はあまりしたくなかったが、こうもその時代の人が消えてゆくと、

ぼくは使命感をおぼえる。今の人に伝えたい。聞いて欲しい。

近頃、あまり声が出なくなったが、ぼくはかなり喋った。やがて地球は原発で失くなるだろうという予感。

12月13日

ゆっくりと遅く昼食。階下のトイレに行くのも面倒。昼食終わってもしばらくはトイレも我慢した。そのうち我慢の戦いは熾烈になってきたが、どこまで制御できるか。

思いもかけず階段を降りる途中で、今までにないこと、ぼくの戒めに背《そむ》いて勝手に動きはじめた。ふざけるな。

排泄物は別の生き物のように動く。こんなにも活力に満ちたぼくの排泄物に驚かされる。自らが生き物のような、強さ、ぼくは降参した。

誰もいなくてよかった。お母さんから叱られるようなことはないが、どこか滑稽。

12月14日

読売の白石さん、カメラマンと共にやってくる。馴染みのインタビュア、それだけに緊張感が足りん。もう百二歳の誕生日ですね、とお祝いのローソクのついたケーキ。大正生まれのぼくは、にやにやしている。

12月15日
木更津からはるばる中村儀介夫妻、明日の内覧会のために。ぼくの絵をそれほどに愛してくれる人がいる、近頃になって貴重なものと気づく。山ちゃん、明日内覧の手助けにやって来る。

12月16日
かなり冷える。ジャケットにジーパン。芸術家は一般の人間とは、在りようが違う、と誰かが言ったのを真に受けて、千里はぼくにそんな晴れ着。福岡県立美術館で、「寄贈記念展」と銘打ったぼくの展覧会。テープ・カット。コロナを怖れて、ごく内輪。見ればぼくの兄弟たちもいる。もはや爺さん婆さん。古い友人、一人もいない。ぼくだけ生き残って今日の催し。夜は東京から馳《か》けつけた、いつもの仲間と飲んでホテルオークラに泊まる。

12月17日
ぼくは爺々になった。爺々になる日を、ずっと待っていた。

老人にはこの世が透明に見渡せると先人が教えてくれたが、ぼくには不透明なまだ。なんの事はない、生まれたときから老人だったんだ。今日が百二歳の誕生日というので、昨夜の集まりには文房堂からローソクの並んだケーキが届いたが、文房堂の主、この間、亡くなって、もうここにいない。

12月18日

泊まっている福岡の街、ホテルで朝、眼をさます。外は雪景色。美術館に小一時間ほど立ち寄って糸島に帰る。

なんだか長い旅をしていたようだ。深々とソファに倒れ込んで、ぐっすり睡《ねむ》る。俺という絵描き、いったい人の眼には、どう映るのだろう。

12月19日

東京からきた連中、みんな帰った。千里もひとまず帰京。急に独りぼっち。歯科医の治療を受けに行き、すけすけになった歯茎。ああ、これが今の俺だな。

12月20日

初めは人に抱えられて風呂に入ったが、今日はだいぶ馴れてきた。ぼくが馴れたというより、介護する片岡さんとの間の空気が溶けてきたせいだろう。

12月21日

親指の爪が、ぽっくりと落ちる。貝殻のような破片。しかし跡には幼いような爪が、張りついている。

汚らしい自分の小さな断片が、やけに可愛い。そういえば幼い頃、思わず歯が抜けて、いつまでも机の引き出しに隠していたのを思い出す。

12月22日

肩の骨。もう、すっかりいい。自分では健康だと思い込んでいるが、それにしては、よく病院通い。

まさかこのまま終わる、ということは、ないだろな。

12月23日

リハビリのお姉さん、やってくる。ぼくの体揉みほぐしながら、差別と区別はどう違うのでしょう、と尋ねる。男性と女性の立場は明確に分かれるのか、と問う。

今の若い人たちに投げかけられた問題なんだろう。

12月24日

引き続き歯科医。こんな事で時間を取られるのか。沢山溜まったお歳暮のお礼も書けないでいる。

12月25日

今日は、クリスマス。友人たちと賑やかに過ごした日や、ロシアとの国境近く、陸軍病院で息を引き取ろうとしたこともあった。パリの学生寮で、ジョワイユー・ノエルと、男女の学生たちと祝ったのも思い出す。今のこの静けさはいい。

12月26日

千里、東京から戻る。財団のみなさんと、ギャラリー412で、クリスマス・イブは賑やかだったと言う。

コロナにも関わらず、東京は大勢で、通りいっぱいの人出だと。

12月27日

千里、昨日ここへ戻ってくるなり、体の具合、よくないと、今朝になっても起きれない。とにかく部屋に閉じこもったきりだが、ぼくは今さらながら不器用な男で、どうにもならん。

12月28日

とうとう、いつもの片岡さんを呼んで、急場をしのぐ。ぼくは何も出来ない。美術館の人が、今やっているぼくの展覧会の図録を百冊、アトリエへ運び入れてくれる。ぼくはただオロオロと眺めるだけ。

ぼくは、やたらその人たちをつかまえて、背中の痒いところを引っ搔いてと、ねだる。

12月29日

なんというザマ。夜に描いた絵、昼間、見ると、いやらしい色調の画面に変わっている。

千里は、声が出ない。ともかくベッドで休むことだ。せっかく交替した片岡さんに急遽来てもらう。

12月30日

千里は昨日よりはいいと言うが心許ない。昼すぎ、フミ君の運転で、福岡の空港に着いた千里の御亭主と猫のクロベエを、この海っぱたまで運んでくれる。
賑やかになった。寒い。

12月31日

画面、中央に置いた塊と、その周辺、どうしても嚙み合わないまま、もうどうしようもない。今年中にこの絵、終わらせるつもりでいたが、堂々めぐりして明日に持ち越すよりない。

夕暮れ近くコンちゃん、やってくる。蕎麦の大盛り。そうか今日は大晦日、年越しの縁起を担いでの、ともかく人が多くなるほど賑やか。

猫のクロベエ、真剣な眼差しで、あたりを見廻し、ごろりと横になる。これほどまでに人間の生活に触れながら、人語を解さない、というのは生きてゆくためにに、とても重要なことだ。

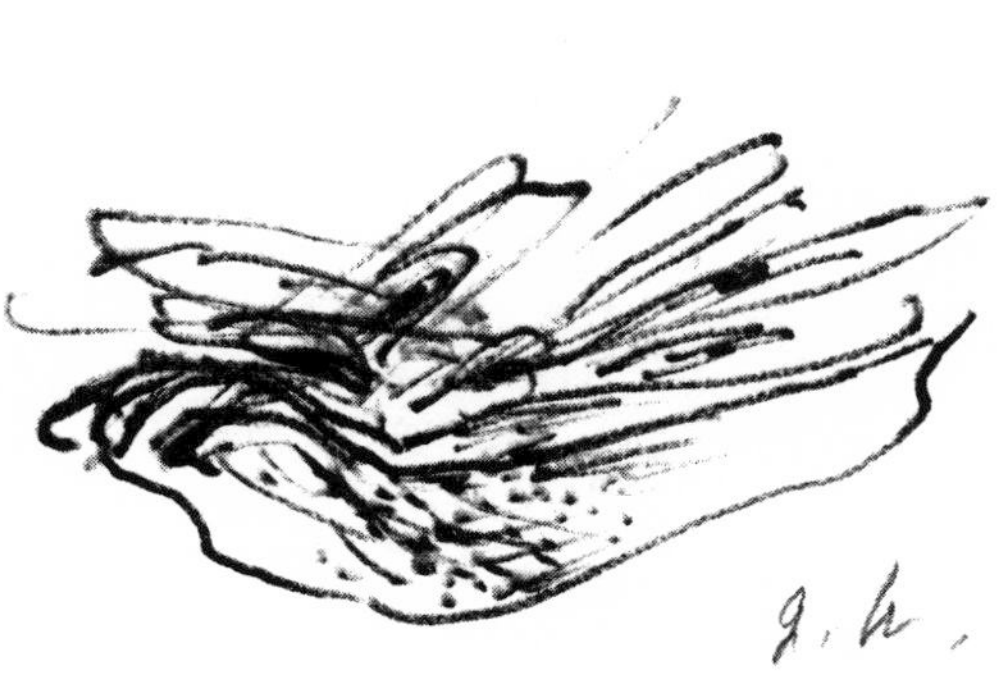

2023

1月1日

元旦のお節料理、いつもの寿司屋に作らせた眼にも鮮やかな盛り付け。幼い頃、ぼくは正月というお祭りか、ないしは正月という賑やかな世界が在って、そこへ訪ねてゆくのかと思い込んでいた。

何をする気もない。後輩や妹たちから、思い出したように、おめでとうございます、と電話がかかってくる。

1月2日

千里の御亭主と猫と、ひとつ屋根の下で、なんとなく打ち解ける。描きかけの五〇号、いやな色感にぼくは数日耐えている。はやくこの上に描きなぐればよいのに、なんで我慢している。

1月3日

お昼近く、子供っぽい眼をしたお花の師匠、ケンちゃん先生、子供と孫、総勢引き連れて乱入。なに二歳と五歳のチビッコ、すさまじい。

ぼくは七人兄弟。朝から晩まで運動会が連日続いていたわけだ。幼い方はぼくと百年違う。

1月4日

昨日、日の暮れる前に、千里の夫、ターさん、猫を抱いて東京へ帰る。この数日、来客の出入りがあって、今は誰もいなくなった。

千里は風邪を引いたきり。声が出ないので筆談。おそろしく味気ない。

垣間、覗くだけじゃ絵も進展するわけがない。この五〇号、去年の終わりの作品として打ち切ろう。

1月5日

夕方、歯科医の予約。体の現状を維持するだけで、何のために生きているのか。歯の治療が終わって、今度はリハビリ。ぼくの姪によく似た、幼い感じ。この人の指導、気が晴れる。

1月6日

午前中に検診というので、朝からあわただしい。江頭ドクターの見立て、いつでも丸印。終わりに、晩飯の約束。これがとてもいい。患者ということを忘れさせる。

しばらくぶり文房堂に立ち寄り、いくらか絵具を継ぎ足す。主の的野さんがいないのが淋しい。

それから県立美術館。ぼくの展覧会はまだ続いている。
壁面のところどころに絵の解説。そうなのか、ぼくの絵は。自分の絵については、さっぱり判らん。

1月7日
姫島がすっぽりと消えている。昨日もそうだった。当然あるべき景色が見当たらない、自分の体が浮き上がったように覚束ない。
夜半、すぐ近くの海から光が点滅しては消える。嘘だろ。誰かいないか。この光、いったい何だろう。

1月8日
中年の頃、かなり気軽な気持ちで再婚。彼女は七十を過ぎた頃、先妻と同じく癌

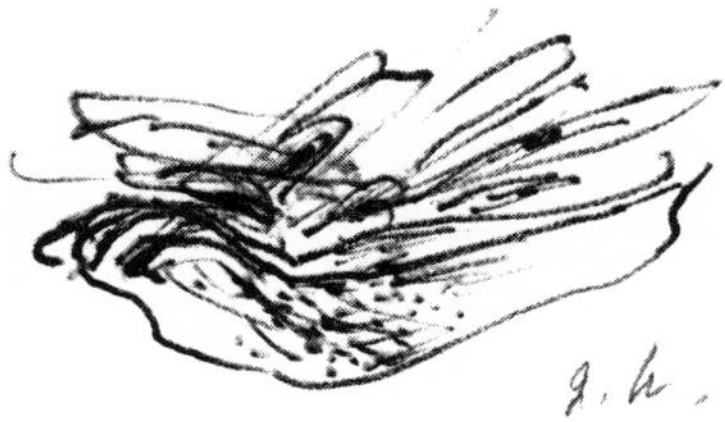

に冒されて消えた。

彼女たちの寄せた愛情を、ぼくはただぬくぬくと享受している。二人とも同じようにぼくの許を黙って去っていったが、ぼくが消した、という罪悪感が、苛みはじめた。

妻たちに限らない。多少の愛情をぼくに抱いた人たちに、ぼくは傲慢だった。

1月9日

恋も結婚も、みんな嘘だ。かりにもそういう身振りをしてはいけない。

〈この世で　自分の命は掛け替えがないと　一途に過ごしてきたが、いつ放り出しても構わぬものと、今になって気がついた〉。

これは寒中見舞の文案、もっと適切な言葉はないか。ただひたすら自分だけが可愛い。そんな男に結婚の資格はなかったんだ。

1月10日

一昨日に失くした補聴器、もう捜さないことにする。

捜し出すと、他のことに気が進まない。あれは高い。ケチなぼくは、絵までおろそかになる。

1月11日

どうして皆、こんなにうまいのだろう。冬の柿、蜜柑、林檎。遠いところから届く。

絵描きらしいけれど面識のない人から贈本があって、いずれも家庭のことを淡々と綴ってある。とても悲しい家の中の話。しかし決して押しつけない素直な心情が胸を打つ。

この世は悲しみに満ちている。それでも生きていたい。命は掛け替えがない。

1月12日

歯の治療。待たされている間も、治療を受けている間も、ポカンとしている。自分の体のことを人に任せているせいか、おのれの人生の、外っ側にいるようだ。

1月13日

今日は金曜日、リハビリのお姉さんがやって来て、ぼくの弱った四肢を、いろんな風に動かす。この二、三日、向かいの姫島は霧におおわれて、視界から消えている。

1月14日

すぐ近くの街に住んでいる妹たちや弟に電話をしてみようと思うが、ぼくをはじめ、みんな耳が遠くなった。本人が眼の前にいるなら、ただ笑うだけでもいいが、電話じゃなあ。

1月15日

周辺の人をそれなり犠牲にして、生きる資格が自分にあるのか。この思いは、日が経つにつれて、ぼくにのしかかる。この思いに早く決着をつけたい。日を重ねていると、判断が鈍くなる。

1月16日

左側の補聴器。どこに隠れたものか。失うと、どうしてこんなに貴重なのか。朝、街でともかくも片方の耳の分を誂えた。老婆心というのかな、千里は別に一組、買った。いつまで生きるのか、命の予備は注文できないか。

昼から日経の記者によるインタビュ。百二歳の絵描き、どんなこと考えて生きているのかと、日暮れ近くまで。

万平さんの倅クンから、なに気ない一葉のハガキ。ついこの間、大晦日の夜、妻が息を引き取りました、とある。

万平さんは美術学校で、ぼくの二級上。卒業すると中国戦線へ、親に無断で生まれた赤子と、その母親を、自分の両親に託して、その子を見ることもなく、亡くなった。

赤子は大きくなり、嫁を連れて毎年、無言館での集まりにやってくる。年に一度の邂逅を、どんなにかぼくは楽しみにしていた。

1月17日

日経の宮川さん、わざわざ東京からやってくる。戦時中の日本人の生活についてインタビュ。思い出すことは、わんさとある。稀有な日々、生々しく浮かび上がってくる。

1月18日

クレアーレの中野さんと鈴村さん。飯塚市の体育館、壁面のレリーフ作業の指導に来てくれる。考える事もなく、スムーズにいった。二人のプロのおかげ。

近くで、今がシーズンの焼き牡蠣。みんなと炭火を囲んで潮風と共に食べる味わい。

妹の和子は、今日、倅の住む埼玉へ、生まれ、馴れた福岡を離れた。九十七歳。涙の混じった電話をくれた。

1月19日

久留米の美術館に、青木繁、坂本繁二郎、二人展を見にゆく。地方の都市で、どうして、こんなにもバタ臭い絵を作りあげていったものだろう。青木の西欧的なロマン。坂本の西欧的な造形。不思議でならん。

1月20日

毎日新聞の渡辺さん、やってくる。ここ数年、百を過ぎたあたりの心境や生活について掘りさげる。

長寿にふさわしい悟り、の如きものは何もない。ただ、くたびれてきた。ずっと画面で、一途に追いかけ続けるものは何か。

自分で思い込んでいる自分だけの世界。画面をどう動かそうと、自分だけの納得。道楽じゃないのか。

北斎は死ぬまで懸命に描いた、と絵描きの手本みたいに言われているが、道楽を死ぬまで止めなかった。

1月21日

みぞえ画廊を訪れる。パリ時代の僕の絵があるという。セーヌ河岸のアパルトマンが並んでいる古い油絵。たしかにおれの絵だろうな。七十年近い以前、しかとは思い出せない。

1月22日

寒い日、千里は東京に戻り、お手伝いさんに、ぼくの身柄は移る。

二、三日まえ、クレアーレの仕事を手伝って、千里、指の先を怪我した。切り傷の赤く滲んだ箇所に何やら貼りつけて痛さをこらえている。

近頃、ぼくはそれだけで怯える。晩年の父、ぼくが車で出かけるのを、とても嫌がった。

自分を守ってくれる奴がいなくなるのを、恐れていたのかもしれん。

1月23日

体の動きが鈍くなる。キャンバスに向かって近よると、脚がよろける。

本能をくすぐるような女が現れたら、どうなるか。体はよろけるか。ただこのところ、夢の中に女体は現れなくなった。

夕暮れ、歯科医に行く。もう治療はしない。掃除しておしまい。

1月24日

寒波。九州はわりと暖かいところだから冬に馴れていない。兵隊で征ったソ満国境を思い出す。零下十度、二十度、平気で冷える。

1月25日

分厚い画集が届く。美校で一級上だった清宮質文さん。この版画家が好きだ。ほとんど付き合いはないが、清宮さんが亡くなって画集を作った折、奥さんから頼まれてぼくは挨拶文を書いた。

それほどにも交友の少ない人だったのか。いや交際を避けて生きていたのか。

1月26日

年賀状をくれた方々に、一筆添えて出さなきゃならん。しかし、半数近く、もう記憶の薄れた人たちだ。

1月27日

描き加えたり、削ったり、一枚の絵に、いい加減、うんざり、今日から新しいキャンバスに向かう。

今日は特に冷える。ウクライナ問題、冷えきったまま。

1月28日

海は一面の白波がたって淡い緑が美しい。この先に春があるのか。

新しいキャンバスを並べる。いずれも藝大に頼んで作らせたキャンバス。この四、五枚、もう後がない。油絵を描く人口が急速に落ちて、とうとう国内では、製造する会社が消えた。

今までの画材は時代とそぐわないのだろう。ぼくが最後の油絵描きになるんじゃないかと、千里は言う。励ましてるのか、哀れんでるのか。

1月29日

二百枚を超す寒中見舞に、一筆、書き入れるたびに思うのだが、ぼくは愚痴をこぼしながら残りの日々を続けるだろう。

1月30日

妹から電話がかかってくる。福岡を離れて、倅のいる埼玉の施設に移った。あてがわれた一部屋。なにもすることがないのよ、と電話の声はあっけらかんとしているが、淋しいだろな。

1月31日

さくら病院に昼前に着いて、江頭ドクターの診察。この歳になると、別にどうこう言うことはない。ついでに食事の約束をする。

2月1日

午後、ぼくの出身中学の校長先生、来訪。ぼくは中学、劣等生。明後日、生徒たちを、ぼくの個展を見に美術館へ連れてゆくというので挨拶。

2月2日

ぽつりぽつりと寒中見舞。ほとんど知らない人だと愚痴ると、千里から叱られた。いろんな人に世話になっている。ボケたのか。
感覚としては子供に還っているのに、みんなの年の上の人として、君臨しているから始末がわるい。

2月3日

午前十一時、ぼくの絵が並んでいる美術館の床の上に中学一年生。午後には二年生。

画面の中の空、下地に黒い色が塗ってある。空は明るいものなのに、それはどういう訳か。裸の男の目鼻が省かれた輪郭だけの顔はどうしてか。

なかなか鋭い質問。ぼくはうまく答えられない。もう少し頭の中で練ってくればよかった。

2月4日

夜明けのトイレ。窓の向こうに拡がる海。横たわる姫島。次にトイレに立つと、姿を替えた色合。

朝になった。昨日から暖かい日射し。海の手前の樹々が急に量感をもってくる。全身を晒したい。

昨夜、節分、十二時近く、急いで鬼の面を作って暗い外に豆をまく。

この変哲もない仕草を毎年、なにがこうもぼくを無心にさせるのだろう。

2月5日

昼過ぎ、チコちゃんとその倅クン、やってくる。ぼくのカミさんの姪。もう八十近い。みんな歳をとったな。

ぼくはもっと歳をとった。今日やってくるよ、と連絡を受けていながら、誰が来るのか忘れていた。

2月6日

加藤さんやってくる。退役実業家、悠々自適の、畑仕事と絵の三昧。嬉しくてならん。こういう人は、とことんのめり込む。

以前、手に入れたぼくの水彩画、題名もサインも無いので、書き入れて欲しいと。見ると自分の若かった日が蘇る。

2月7日

一歩も外へ出ない日が続く。アトリエは明るいのか、暗いのか。今はここだけの世界。

2月8日

唯一の外出が歯科医院。待合室にぼくの展覧会のポスターが貼ってある。何に見えますか、と尋ねると色々な答がかえって来る。

実感なんだろう。見当もつかん画面が、見る者を、おどしにかかっている。

2月9日

画面に向かうが、すぐにも疲れる。もう少し合理的に動く方法はないのか。キャビネットの位置、絵具の配置、筆の配列。

八十年以上絵を描きながら、ぼくは、まごついている。技法も、工程も、最初に筆を握ったときとまったく同じ。

2月10日

今日の夕方には、リハビリのお姉さんが来る。ぼくはトイレにも行って、万端、待ち受ける態勢を整えていた。

それなのに、いきなり便意。面食らってトイレに急いだが、途中で、こと切れた。

わずかの量だと思ったが、汚物にまみれて惨憺たる情況。

買い物に出ているお手伝いさんが帰ってくるまでを何とか、いやもう定刻、リハビリさんが来る。世上、百歳。拍手で迎えられているが。
先々、生き続けるのは糞まみれか。

2月11日

ひょっこりと美術年鑑社の油井さん、レンタカーを借りて、この岬の突端までやってくる。ほとんど付き合いはないが、親しい。しばらくぶりに会うと、すっかり爺々。八十になったと言う。それでも屈託がない。
お土産に、懐かしい饅頭のようなのをくれて、すたこら帰っていった。昨日と違って、今日は明るい日射しだ。

2月12日

県立美術館でのぼくの展覧会、最終日。お昼を車の中で食べて会場へ。
観るたびに、力が抜けてゆく。今のぼく、

一日の大半を、うつら、うつらと眠っている。

2月13日

昨日、会場でいろんな人と会ったせいだろう、お昼近く、ようやく眼がさめた。この度の郷里での展覧会、新しい親戚は現れなかった。ややこしい繋がりを、よく覚えているもんだなと、感心させられることがしばしばだ。

2月14日

またしても返事を出さねばならん手紙が溜まる。早くしないと、またたく間に増える。遅れると、厄介さが重なる。

2月15日

足のむくみは一向に治らん。朝、鏡に向かうと、その兆候は、はっきりと顔に出ている。つまり全身に、オシッコが出回っているんだ。どんなにふくれても構わん。見捨てておこう。

2月16日

声が思うように出なくなった。おそらく言葉になっていないのだろう。もどかしい。

指先に力が入らず、日記を付けたり、手紙を書くのが、今までになくわずらわしい。

今までにないこと、いきなりお尻から汚物。なんという猛々しさ。やはり老人になるのは恐ろしい。

2月17日

週に一回のリハビリ。すこやかな老後をと、残された日々をつぶしているのは、何かおかしい。

健康のためなら死んでもいい。誰が言ったか、笑えるなあ。

2月18日

昨夜は江頭ドクター夫妻と、街でフランス料理。医者と一緒だと、安心して食える。ドクターが計画している施設、この秋ごろまでには完成するという。できればその一室で暮らそう。

そんな立派なもんじゃないですよ。いやそれがいい。目の前に拡がる青い海。この景色もこの夏までか。

2月19日

右脚はかなり、むくんでいる。朝、鏡に向かうと、その兆候が見える。頬っぺたが、だらしない。こんな間の抜けた顔のまま死ぬのは困る。

2月20日

雲が抜け、かなり強い日差し。午前中、アトリエの光は澄んでいる。昼すぎ、予約の歯科医。歯茎の痛みは、どうしようもない。ここ数ヶ月通っている。

2月21日

『宇宙戦艦ヤマト』をつくった漫画家の死を、新聞が大きく報じている。六年ほど前、練馬区の名誉区民として区の講堂で證状を受けた折に、以前の名誉区民として紹介された。

ぼくはこの評判の漫画家を知らなかった。ぼくが呼ばれて壇上に上がると、拍手が起こった。しかしこの人が現れた時の拍手は熱狂的で、しばらく鳴りやまなかった。

時代は大きく変っていたんだ。もはや日本画とか油絵といった美術は、人々の心には入り込まなくなっている。触れた瞬間に快いとか、笑えるもの。今の忙しい人間には、いつまでも心に残るのは困るのだろう。

2月22日

まだ生きていたんだ。伊東絹子の死が今朝の新聞に出ている。

パリで仲良しだった。仲良しというか、明るい、ざっくばらんな親しさだった。今の人は知らない。美人コンテストで世界第3位、のお墨付き。

最後の女友だちが亡くなったね、と千里が電話してきた。ああ遠い昔だ。自分がどんなに古い時代の人間かと、改まって気付く。百歳というのは、やっぱり長い。

2月23日

眠くされ、という言葉がある。日々見馴れてくると、悪臭が漂う、といったものだろう。

ずっとイーゼルに立てかけられたまま、さすがに眠くされだな。新しいキャンバスに取りかかろう。
昼の食事おわって、急に便意をもよおし、あわてて立ち上がったが、もう遅い。
一度しくじったが、またしてもか。
しばしば、こういう粗相が起ると、外出はままならん。

2月24日

早くも週に一回のリハビリ。若いお姉ちゃんに励まされる。お手伝いさんに、夕方は風呂に入れてもらう。明日へ向かう鍛錬の日々。

2月25日

雨が吹きこんで、区切られたバルコニーの床に冴えざえと跳ねかえる。どうしてこの空間が劇的なんだろう。開いた正面の海に姫島。
かつてぼくを囲んでいた誰彼が、島影と同じ、うっすらとした存在感をもたらす。

2月26日

ケンちゃん先生、活け花展の最終日。東京から着いたばかりの千里と出かける。
絵と違って作品は生きものだから、かなり厄介。

2月27日

美術館に作品を寄贈する仕事、およそのところまで来た、という東京での報告を千里から聞いたせいか、軽井沢に美術館を建てた脇田（和）さんが夢に現れた。

初めて会ったのはパリの街角のキャフェで、少年のように初々しく、老人のような恥じらいを含んだ画家。

眼が覚めてからもしばらくは、脇田さんの仕事について思い、当時の先輩、今は誰も生きていない、と急に思った。

2月28日

朝食もそそくさと、さくら病院。江頭ドクターとは、長い付き合い。体の話よりも、こんどは何料理を食べようか、とそれに時間をかける。

出たついでにイタリアン料理で昼食。碧い海の色が目の前で白く砕ける。昨日までの冬。

3月1日

久しぶりに加藤さん。古めかしい風景の油絵を持参。誰の絵か分からんと言う。売ってる方も、買った方も作者不詳のまま。しかし、しっとりとしたいい絵。作者探しも、楽しいだろ。

3月2日

今年に入って、知らない人から、本人あるいはその近親者の書いた本が何冊か届いている。

すぐに礼状を出せばいいものを、相手のアドレスの封筒を失くす。わずか数日。ひたすら捜して日が暮れた。

ゲーテみたいですな、と先輩がいつか、そうしたぼくの迂闊さをからかった。常にセルシエしていると。

フランス語では、捜す、探求する。

3月3日

どうしても気になる。昨日に続き捜していると、粗末な藁のポセットが、棚から落ちた。はずみに一万円札がぱらぱらと床に。いったい、これは。

夜、千里に話すと、これで崖の厄介な雑草を刈って貰いましょうと言う。

もう僅かしか生きていないのに、今更、金をかけてもと思っていたが、荒廃してゆくのを眺めながら死ぬのは淋しいよ、と千里が言う。

3月4日

色に対する反応が鈍ったようで、その味わいがどれも同じ、画面がどう響いているのか。ここ数日、判断が出来ない。

夕暮、コンちゃん、やってくる。コロナのせいで、生徒が減った、という。若いとき、近くに立派なアトリエを持った絵描きさんがいて、習いにくる子が多すぎる、というので、ぼくに回して下さい、と頼みにいって叱られた。身のほどを弁《わきま》えろ、といったようなことだった。

3月5日

捜し回っていた本が三冊。見知らぬ人たちからの贈り物。失くなる訳がない。空しく過ごして、今日。なんと幾度も眼に触れているはずの机の上に、ちゃっかりと並んでいるのを見た。

見ていながら気付かない。よろず今までのぼくは、そういう日々を過ごしてきたらしい。

3月6日

新しいキャンバスに向かうとき、すっぱりと今までのキャンバスとは、さよならしていたのに、近頃は歯切れが悪い。

歯科医に行った。歯の治療というのは、うす気味わるい。怖いわけじゃない、大っぴらに痛むわけでもない。ただ不安。

3月7日

いま住んでいる土地の市役所に、ぼくの絵を寄贈しないかとの申し出。お絵描きを習っている人たちが寄贈するのに、ぼくの絵が入っていないのは手落ちだという。こうした話が入ってくるたび、ぼくは一般の人々にとって、絵描きとは、なんだろうと不安になる。

先日、美術館でのぼくの展覧会に、中年の男が絵を持ってきた。二、三年まえから絵描きに転向しました、と言う。ただ乱暴に色をくっつけた画面。現代絵画の積もりらしい。

3月8日

美術年鑑社から、短いエッセイの連載依頼。近々出版する翻訳本の帯を書いて欲しいと、続いて依頼。

今のぼくは、絵でもそうだが文章でも、くどくどと何度も繰り言を並べたてて、面白くない。

3月9日

朝から雨。家の中で雨を眺めるのは好きだ。閉じ込められた小さい世界。昨日みたいに太陽がいっぱいの時は、気分が騒ぐ。結局は陽差しを受けての、日光浴。痩せ衰えた老骨に、あわい春の光が差す。

ガラス天井に小さく打ってくる雨脚。このアトリエに、生きている間は居たい。

3月10日

まるで小学生のように、週に一度のリハビリ。言う通りに、体を動かす。賞められると嬉しい。

子供に還ったようだ。バルコニー脇の土筆が伸びてゆくのも嬉しい。今までのキャンバスは裏にして、新しい画面。

3月11日

今日の姫島、これが春霞というのか、ほとんど空中にかき消えている。まだぼくにとっては冬の名残り。

和子から夜、電話がかかってきた。九十六歳、息子のいる街の施設に入ったとは言いながら、淋しいのだろ。

ぼくは七人兄弟。二人亡くなったが、お互い、発声不詳、相手の言うことは聴こえない。せっかく会っても、電話をかけても、もどかしいだけだ。

3月12日

時折、はげしい雨。夕暮まえの寄る辺ない時刻、フミ君やジュリー、それに東京から千里まで、一度にやってくる。

長いあいだの工事、ようやく今日終って、フミ君達の住居が出来た。思ったよりシャワー室が狭いとか、湯舟は申し分ないとか、それなり意見はあったが、ともかくも今日からの二人の宿は完成。

間もなく桜も咲く。この界隈に、遠慮なく喋れる家が出来た。

3月13日

夜通し降りつづけた雨は、夜が明ける頃には止んでいた。外の廊下に濡れそぼって鳥が死んでいる。

時折外の廊下のガラス張りに、鳥たちが気付かずにぶち当たる。一途に海の碧を眼指していたものを、そのまま死んで遠くへ逝ってしまったのだ。

その度ぼくは拾いあげて、デッサンをとる。

3月14日

今まで気楽に線が引けたものを、ここ数日、色そのものも何も訴えてこない。

夕刻、街へ出かける。江頭ドクター夫妻との夕食。先日食べておいしかった中華料理屋。なにもしないで生きていても結構、楽しいもんだな。

3月15日

そうだ。美術年鑑社からの、エッセイの依頼だった。「百歳時記—季節の移ろいのなかで」。

年齢を持ち出すのは好きじゃない。しかし、この際、いい加減なお喋りで済ます。逃げ道になってもいいか。

キャンバスの手持ちが少なくなってきた。前途危ぶまれる油絵だな。

3月16日

県立美術館の人たち数名、挨拶に来られる。寄贈した作品の展覧会の感謝状というのを渡される。

こんな古くさいシキタリ、と言うと、にたりと笑っていた。お互い馬鹿馬鹿しいが、ふんぎりつかない。

3月17日

ケアマネジャー、リハビリの指導員、まだ誰かいたかな。昨日と同じように打ち揃っての面談。

脚は思うように動かない。室内では杖がなくてもいいが、路上では駄目。ぼくの答え方が明快でないのか、結局、週に一回のリハビリを二度に増やされる。ま、いいや、ほとんど昼寝してるんだから。

3月18日

急に入ってきた美術年鑑社の仕事と、知人から依頼されている翻訳本の帯と、一緒になって、千里に訳のわからん反発。

夕暮れ近く、千里は予定通り東京へ戻ったが、海を見てると淋しい。

3月19日

朝、珍しいくらいの快調。アトリエに入って、溶き油が失くなっていたことに気付く。

テレビンと混ぜて溶き油を作ろうとしたが、スタンド・オイルが見当たらん。これじゃ絵は描けん。文房堂に電話するとしても、いくら早く送り出しても二、三日はかかる。お手伝いさんに愚痴ると、さっそくにもアトリエに行って、その油を見つけてくれた。

たいてい、こういう結末。いったい何を捜して毎日、暮らしているのだろ。

3月20日

昼からお手伝いさんに手を引かれて、すぐ近く、桜の具合を見に出かける。ほんの僅か、道を歩くだけで疲れる。

上野の桜はまだだろう。藝大の新しい学期、いつも花びらを浴びながら通った。教室で絵を描くのを止めて、モデル共々、桜の下に寝転んだ。若いというのは、それだけで春が溢れていた。

3月21日

春の初めらしい淡いぬくみが、アトリエの中にいても伝わってくるが、ここ数日、ぼくは穴居生活者の、閉ざされた空間で暮らしているような気分。

3月22日

ただ遥かな姫島を見つめていただけのように思う。島は、背後の広大な空をバックに君臨している。時に掻き消えることもある。あの浜辺に住んでいる人たちも一緒に消えているのか。春先の淡いぬくみは何か淋しい。

3月23日

テレビのほとんどのチャンネルが、世界一を競う野球に酔いしれている。無理もない。ぼくも昨夜から同じシーンを何度も見た。

自分の国が勝つこと。ぼくはそれが嫌いで、スポーツの実況放映を敬遠することもあるが、どこが勝ってもいい、というゲームは味気ない。

3月24日

バルコニイから望める桜が雨に打たれている。桜、さくら、ぼくはこの世の景色を見つめたことがあるだろうか。なに一つ愛したことがないような気がする。

3月25日

思うように脚が動かない。手の力もかなり鈍い。あまり大きくないこのキャンバスに、お百度踏むような思いで近づく。寿命が尽きると脅されている。

少しでも動けるのはいい。いつまで経っても、油絵具の匂いはいい。

3月26日

長いあいだ眠っていたぼくの炭坑風景画、父の知人のところから戻ってくる。父の炭坑、もはや石炭のエネルギーを必要としなくなり、閉山。

特別に思い入れがあるわけではないが、以前はこんなに大きな絵を描いていたのか。

千里と山ちゃん、二人並んで東京からやってくる。山ちゃんは一ヶ月ばかりパリに滞在して、帰国したばかり。ぼくがいた頃は、今から五十年以上前。

3月27日

お昼のおむすびを車の中でパクつきながら、飯塚に着く。建ちあがったばかりの体育館。びっくりした。幼いとき往き来したあの炭坑町とは思えん。

入ってすぐの壁面に、アトリエで作った数々の陶器の人形たち、乗合バス、お家《ウチ》、動物。てんでに貼りつく位置を定められて、思ったより可愛らしい。

3月28日

昨日に引きつづき八木山越え、飯塚に着く。レリーフの壁がこんなに楽しんで出来るとは思わなかった。ただ寒かった。まだ冬が居残っているが、やがて四月には、落成パーティ。

3月29日

二、三日まえから泊まっている山ちゃん。この人には溜まった雑用を、いつも手伝ってもらう。今日の日を待っていた。まずは本棚の整理。それに原稿のまとめ。新聞掲載の切り抜き。

結構、忙しい。しかし、それらは何のために、誰のために。没後、ぼくはこの世に、名前を残すこともない。おかしな作業だな、思えば。

3月30日

昼食後、うとうとと眠っている間に、山ちゃんは東京へ戻ったらしい。フミ君も新しく出来た家の検査を受けにやってきたが、これもぼくの眠っているうちに帰ったとか。

眠って知らないで済むことは思いのほか多いんだな。人間、無駄な時間と神経を省けば、かなり伸々とできるんじゃないか。

3月31日

さくら病院、検診の日。血液を採る看護師がヘタ糞で、ぼくは震えた。注射器の針がぴかりと光ると、もう駄目。

もう一度、採らされてもいいですか。近ごろ、こういうおかしな日本語をよく聞く。どこからはやり出したのだろ。

4月1日

石炭から石油にエネルギー源が替わり、あの炎と煙の荒涼とした風景が視界から消えて久しい。この父の姿とも思える先日の風景画、絵も人と同じような数奇な運命に流されてゆく。

いつまで経っても上達しないぼくの腕を見限って、父は家に置いていた絵を、ことごとく焼き捨てた。以後ぼくは事あるごとに、それを愚痴る。

4月2日

みぞえ画廊で望月菊磨の個展。久し振りにあのシニカルな顔と会う。街に出たついで、英治夫妻を誘って夕食。

弟はおそろしく元気者だったが数年まえから眼が回るメニエール病にかかり、すんなりと大人しくなった。元気だせ、元気。

4月3日

リハビリの彼女、来るなりぼくを外へ連れだして桜の下を散歩。いや、かなり脚に力がついた。他人にエスコートされなくても道路を歩けるくらいに戻ってくれ。アトリエの中、杖なしで動けるようになるといい。

4月4日

致知出版社からインタビュ。爺々の言い分を伺いたいというような事だが、ぼくには年配者の達成感みたいなものが、ない。もちろん長寿を願ったこともない。しかしそれじゃ相手の狙う的が絞れないな。

4月5日

美術評論家の宮津氏、みぞえ画廊の主と共に来訪。

画家を目指した動機、あるいは決意。よく尋ねられる。しかしぼくはただ、ぼんやりと絵を描いているうちに、この年になった。

しかし、それで生きてこれたのは、本当に恵まれた境涯だったといえる。そう言って謝るばかり。

4月6日

昨日から雲が重く垂れこめて、アトリエはやけに暗い。夕方、歯科医院に連れ出された。ここの女医さんたちは、ぼくを先生と呼ぶ。患者をセンセエと呼ぶのは、おかしいんじゃないか。

4月7日

夕方、フミ君がぶらりと立ち寄る。新しくこの地に建てた家に、ベッドを入れるとか。それなり嬉しそう。

予定しているバレエの公演が終わったら、ゆっくりとここで落日を眺めるがいい。

4月8日

こんなに輝く空があるのか。碧い海の深みから、一面の白波が走ってゆく。眼に見えるものすべてが一体となって、ぐんぐんと突っ走るが、なにを目指しているのだろう。

夜空の月がいつになく語りかける。このおぼろな光芒を、眠っている誰彼に見せたい。

4月9日
キャンバスに塗った色が、どうも違う。今日に始まったことではなく、この数日、色盲になったんじゃないかと恐れるほど、異質な色合い。
年をとって面倒なことが嫌になってきたようだが、筆を取り替えるのが億劫なら、絵を描くのを止めなくちゃ。

4月10日
やっぱり思う色と違う。投げ出したい。独り昼寝していると、リハビリの療法士がやって来て、起こされる。
いつもより少し、脚がむくんでいるという。言われるまでもなく、立ち上がるのも億劫。今、描いている絵、数点。明日で終わろう。

4月11日
脚がだるい。机の上にいくらか溜まった郵便物なぞ眺めて、ぼんやりした一日。
麻生三郎と寺田政明の遺作展、案内がそれぞれ前後して、その娘さん、倅クンから届いていた。懐かしい。
ぼくがこの二人の先輩にくっついて飲み歩いていたのは、今から七十年以上、前のこと。あの人たちは真に絵描きだった。

4月12日

向かいの姫島がぼんやりと浮かぶ。海面もおぼろに霞む。中国の奥からの砂ぼこり。黄砂という。アトリエに入ってくるな。

4月13日

今日も黄砂はおいでになるかな。夕方、千里とユキ子と娘のメイ、一度にどっと現れる。老齢という言い訳。どんなに情況が変わろうとも眠ければ、勝手にソファにごろりと横になれる。

いつ頃からかこの家に棲みついた犬のようだ。

4月14日

やってきたリハビリ療法士。脚はまだ、むくみがひどいですねと言う。いいんだ、老齢、なにがあっても、それが日常だと思っている。

明日は朝はやくから出かけなくちゃならんから、今夜、髯《ひげ》を剃ったら、と千里は言うが、この歳になると毛も伸びん。

4月15日

朝八時、出発。八木山を越えて、ぼくの故郷、飯塚市へ向かう。陶器の人形を壁に貼りつけた体育館。今日はその落成式。

私はこの町で生まれ、ずっと育ちました。育ちすぎて、とうとうこんなお爺さんになりました。受けなかったな、ぼくの挨拶。発音、不明瞭か。

4月16日

昨日。生まれ育った福岡県の盆地。体育館の落成式。

近頃はどこに行くのも、連れ去られているようで現実感が薄い。今日か昨日かおぼろだ。

もう少し、挨拶の折、体育館の壁のレリーフについて語ればよかった。

4月17日

ぼくから取材したゲラの校正。これが厄介。

昼からリハビリの彼女がやってきて、否応なしに体の訓練。ぼくにとってこれは放心の時間帯。

4月18日

ともかくゲラの校正を、今日中に終えよう。お腹がもたれる。動物とは動く生きもの。

4月19日

長いあいだ人手に渡っていた、炭坑を描いた若い頃の絵二枚。ようやくの思いでここに運ばれる。福岡県立美術館の職員が見にやって来た。あの頃、炭坑にいる姉の家族のところに泊り込んで、かなり夢中だった。人間が自然を切りくずして作った、いびつな壮大な地形。美術館で預かって貰うことになった。

4月20日

ぼくの友だち。二人、東京からやってくる。ぼくにとっては久し振り、みんなで海っぱたに出る。砂の上を歩くのは嬉しいが、少し怖い。いつも、ぐいと傍に引きよせていた海。いつの間にか疎遠になった。

4月21日

一同そろって久留米市美術館。「野見山暁治の見た一〇〇年」展、今日はその内覧会。

ぼくの名前を冠するのは僭越だな。並んでいるお歴々、坂本繁二郎、青木繁、岡田三郎助、南薫造。その時代からぼくに至る馳《か》け足の日本洋画史。いい展覧会。カタログがないのが残念だが、どうして作らなかったのか、ぼくが尋ねるのは、気おくれする。

4月22日

ホテルに泊まり、よく眠った。もう一度、展覧会場へ顔を出す。東京から遊び仲間（反省会と呼んでいた仲間、今は打ち揃って旅行することもない）馳けつけてくれた。久し振りに飲む。

4月23日

パリからやってきたマミとも久し振り。以前のまま、というか歳をとらん。これはいい事か。少し退化してるんじゃないか。

4月24日

東京からやって来た仲間を、ぼくの郷里に建っている野見山ギャラリーに千里は案内。ぼくはなんとなく横になって休む。

4月25日

先に来た連中は昨日までに帰り、千里が残り組を久留米市美術館に案内。この三日間、どっぷりとノミ山漬。

ついこの間、パリへ行ったマミも向こうで、もう五十年経つという。いったい俺はいくつなんだろ。

4月26日

昨日の雨。すっかり晴れあがって、午後、千里が東京へ戻ったあと、ぼんやりと寝転ぶ。なにか自分をもてあます、というような、淋しくもない独りボッチ。

夜半の月が、光を海の深みまで透かす。

4月27日

ここ数日、溜まった手紙類の整理。こまめに返事や、お礼を書いているうちに、俺は狂っているんじゃないかと、うっすらとした不安、というか自覚。

朝、海に向かう廊下のガラス戸に、鳥がぶつかって倒れていた。ひよどりでしょと、お手伝いさんが教えてくれる。海に向かっていた一途さが哀れでならん。彼女がそっと小さいコップに水を容れて傍に置く。知らぬうちに飛んでいった。

4月28日

ようやくアトリエに坐り込む。描こうと焦ることはない。描きかけのキャンバスと対話しながらでいい。

もう一人のぼくが待ち侘びていたような、安堵感。

歯科医に行く。いやそれは昨日。今日の夕方はリハビリ。風呂で体を洗ってもらう。こまめに生きようとしてるんだ。

4月29日

雨つづきというか曇天のせいか、昨日まではっきりと見えなかった姫島が、今日は明るく全容をさらす。そうか季節は変わろうとしている。

麻生三郎の分厚い遺作展目録が届く。懐かしい。美術雑誌でカラー版を見て、矢も楯もたまらず、家を捜し回って訪ねたのは、ぼくが二十五、六の頃。雑草の中にポツンと一軒家だった。

4月30日

中尾誠の遺作集、皆の友情のたまもの、ようやく届いた。中谷泰センセエの遺作集、どうしたことか未だに出来ん。このところ、ぼくの交友は遺作集との関わりになってしまった。

5月1日

今日はスズランを親しい人に贈る日。なんとなく気分が華やぐ。ぼくは街角で、ワゴン車の花屋からいくつか買ってセイネイさんのところを訪ねた。その隣の老女も優しい人だったので、忘れずに届けた。フランスの祭日の中で、ぼくはこの日がいちばん好きだ。夏が来る前の微風が頰をなぶる。

5月2日

お昼を食べているところへ千里夫妻、猫、連れだって現れる。やがて平間ちゃんも現れ、陽もさんさんと射して、急に賑やかだ。

これで脚が少しでも元気な方へ向かってくれればよいのだが。

以前から描きかけの一〇〇号を正面に据えたが、すぐにも脚が力を失くす。口惜しいが、どうにも進まん。

5月3日

五藤氏、来訪。無言館に収められている戦没画学生の映画を作る由。すでにシナリオは、無言館を立ち上げた窪島さんと会って、出来上がっているらしく、ぼくには当時の画学生について、世相について、何か手掛かりになるようなことを。美術学校時代の友人。戦後の荒廃。克明に思い出しますかと問われる。忘れようにも忘れられん。戦争を知らない人に伝えたい。

千里の娘の慶ちゃんも一日遅れでユキ子と夕方やってきて、賑やかな食卓だが、どうも食欲がない。

5月4日

このところお腹が不安。お腹に御機嫌伺いを立てて暮らしているよう。ぼくという主体性を失くしている。

久し振りに近藤さん、お寿司をいっぱい作ってやってくる。山に入って採ってきた山菜が、たっぷり。うまい。

5月5日

雨が降りだした。寒い。他の人は寒がらない。これも爺々になったせいか。千里の家族、久留米の美術館をめざして出かける。ぼくは猫のクロベエと留守番。共々昼寝。人間と共に暮らす動物、いったいどういう結び付きがあったのだろう。それも人間が、かしずいている、おかしな交際。

5月6日

クロベエは箱に収まり、千里の家族は東京へ戻った。こちら、手が離せないので千里は居残り。

雨脚はかなり烈しくなる。久し振り独りボッチになったようだ。のびのびと寝転んでいいはずなのに、それでは物足りない。どうすれば独りを堪能できるのか。

5月7日

昨日に続き、雨、まるで梅雨のよう。東北の方では地震が起きている。ロシアのクレムリン宮殿にドローンが攻撃。これはロシアによる偽装か、ウクライナの仕掛けたものなのか。

今の戦争は殺しあいなのか、騙しあいなのか。

5月8日

雨あがる、といった気楽な模様替えとは違う。まるでこの世の舞台が入れ替わったような景色が眼の前に拡がっている。光で溢れる空、微風まで溶かしこんだ海の深み。

駄目だな、少し浮かれていたのか、折角うまくいっていた画面、左上の暗さを除いたつもりが、一気に画面が揺らぐ。

5月9日

午前十時半、さくら病院。脚のむくみがひどく、頬っぺたも垂れさがっている。

血液を採ったり、注射をしたり、ともかくぼくという御老体、丹念に修理しようとすれば、本体が壊れそうで、これは容易に手が付けられない由。

自分の絵、注文の原稿、いくらか溜まっているが、この週末から四、五日、入院することに。

午後、アーティゾン美術館の上田さん来訪。今年のおわり頃、予定されている展覧会の打ち合わせ。

5月10日

昨日のトイレ通い、ひどかった。よくもこの細い体に、あれだけの量。頬の輪郭が浮きでたらしく、いっきに、いつもの頼りないボクのツラ。人の容貌なんてドクターの、匙加減次第か。

5月11日

ここから高速で小一時間、太宰府にある九州国立博物館に、昼から出かける。ともかく見たい。「アール・ヌーヴォーのガラス展」。ガレ、ドーム、いずれも、うっとりとした優美さ。お腹の不調のせいもあろうが、思ったほど魅了されなかった。以前、他の博物館で観たガラス展、素晴しかった。

5月12日

千里に連れられての外出、これはどうしようもないが、排泄だけは人頼み、というわけにはゆかん。夕方の歯科医院。わずか二十分の距離なのに、周到に排泄。老人にとって、これは恐怖。

ずっと続けていた一〇〇号、もう打ち切りとしよう。絵具が、汚く手垢のまみれたものになってきた。

5月13日

早起き、そそくさと用意して、これから一週間、千里は東京へ戻るが、ぼくはさくら病院へ。脚のむくみがひどい。

入院というのは、ひたすら眠る。ベッドだけの世界、ときに排泄。いつまで経っても日が暮れん。一日というのは、こんなに長いのか。今朝ここへやって来たばかりというのが信じられん。

5月14日

今日は母の日。どうしてそんな記念日が設けられているのだろう。親に対して白々しい言い訳を設定しているようだ。

水彩画の絵具は持ってきたが、描けるような時間の流れに入り込めない。

5月15日

少しばかり病院に馴れてきた。脚のむくみはいくらか良くなってきたらしい。いや希望的観測。

午後おそく、ユキ子さん面会にやってくる。かつてのコロナ危機と違って、普通の会話ができるのはいい事だ。神経がとざされ、出口を失うような不安がよぎる。

5月16日

ぼくを自分の病院に入院させた江頭ドクター。今日で三、四日経つが、気にして毎日、様子を見に来てくれる。相済まん。

脚のむくみは、じわりと引いているような様子。何ごとも急な改善は禁物。どれくらい動けるようになるのか。

今日は気温三十度を上回るという。病院の中で季節の変わるのを眺めるのにも馴れた。

5月17日

病院の最上階、リハビリ場なのか、大勢の人がそれぞれ何か器具を使った運動をやらされている。爺々は見当たらず、老婆、いや老嬢といった方がいいような、銭湯の女風呂に紛れ込んだような気分。ぼくのような爺々は、もう生きてはいない。屋上で五月のまぶしい太陽に当たりながら、年齢も性別もない、生きもののような自分。

5月18日

雨模様なので最上階、リハビリ場で、軽い運動をやらされる。昨日、みんな老嬢と思ったが、待てよ少年っぽいお婆さんに訂正。

ユキ子さん、やって来て明日、東京に行くと言う。チェコ語の弁論大会。友人を応援のため。世界はどうなってるのか。ウクライナは依然として瓦礫の中。

5月19日

入院して七日ほど経つ。実生活において、さし迫って困ることもなければ、謝ったり、断ったりすることもない。年寄りというのは気楽なものだ。

この気楽さが恐ろしい。今まで生きていた実社会が遠退く。どこに自分はいるのか。

七ヶ国首脳会議、サミットが今日、広島で開幕。核兵器、できたことが命取り。一心に、ただひたすら弱い者、少数の者をいじめつづけた結果、ただの一発で地球の生物が死滅するようなものを、ためらいもなく創ってしまった。人間の智慧が生んだのだ。それを上回る思慮がなければ、おしまいだ。

5月20日

サミットの模様は、テレビが中まで入ってゆけないとみえて、シャットアウト。午後、暖かいシャワーで体を洗ってもらう。看護師さんの言いなり。素っ裸で、どう扱われても、構わん。

面白いな。男と女、生きている限り、お互いのルールは消えん。そうだ、百歳を過ぎると、断言してもいいだろう。

夜になって、テレビにウクライナの大統領が日本の上に降りたった模様が映された。出迎えた各国の親方と握手して回り、一同改まって、居並ぶ。日本の親方、ずっと口を少し開き、白い歯を覗かせている。ここはきつく唇は閉ざした方がいい。日本人の親しみというか、社交顔だけど、世界に通用しない。

5月21日

病人にも日曜はある。データの記録、採血、それにリハビリ。何もないんだな。これもまた、淋しい。病室に終日、ひとりぼっち。テレビというのはほとんど退屈なもんだな。夕方になって再びサミットの映像。

ゼレンスキー、ウクライナの大統領。生々しい現地のあの下着みたいな一枚。本人の主張か、周囲の見立てか。地上に降りると居並ぶ各国の首脳と握手。現地の匂いが身辺から沸き立つ。

5月22日

昨日、千里が東京から戻ってきて、そそくさと糸島の家へ引き上げる。九月に完成する江頭ドクターの老人ホーム、その試金石としての、この一週間の滞在。

正直いって、かなり心細い。狭い空間、独り、という他者との会話の断絶。はたして正常の神経は保てるか。

5月23日

ケア・マネジャーやってくる。昨日はリハビリの療法士。この女の人と、ぼくの姪とは、そっくりだ。どうしてもぼくには、そう見える。しかし千里も誰も、似ていない、と言う。

見ている物への客観性は、かなり危ない。脱ぎ捨てた下着の塊を猫のクロベエと見間違えるが、猫を飼っている人たちは見間違えない。

5月24日

お昼ごろ、益田夫妻、東京からやって来る。ずうっと会っていない。爺々になってないだろな。みんなで浜辺に出る。砂地に椅子をおいて、波の音を聴いた。ぼくが老いたくらい、益田さんも老人になっていた。かなり無口だ。喋れ、もっと口を開け。何にでも興味を持った男だった。

5月25日

近くの民宿に泊まっていた益田夫妻を連れて、千里は久留米の美術館まで。あの照れくさい名称の展覧会。「野見山暁治の見た一〇〇年」。

留守番のぼくは、ごろりとソファに。心臓が弱っている。腎臓の過労、長いこと傷を負った肺の負担。ま、限度に来ているということだろう。当然だ、この歳まで使っているのだから。

医者に言われるまでもなく、ぼくは肌で感じている。この細い体が、よくここまで保っているな、と感心している。

明るい昼間というのに、昏々と眠っている。

5月26日

予定変更して、ぼくも車に乗り込み、益田夫妻と共に飯塚へ。体育館のレリーフ壁画、次いで市役所の入り口、ステンド・グラス。それから急いで穂波川ぞいに、みぞえ画廊が建てた野見山ギャラリー。

一行、たっぷりとノミ山漬。疲れただろ。

ぼくは茫然としていた。いったい人の眼には、これは何と映るだろう。近ごろ、ぼくの手を離れた絵は他人の顔をしてるし、ぼくの顔そっくりは、あえて描き残すこともないように思える。

5月27日

朝、ゆっくりと民宿から益田夫妻、やってくる。二人もそれなり疲れたらしい。ノミ山詣は、もう終わり、手を振って帰京。

益田さんとは、その昔、パリで会った。今と違うパリ、異国だった。六、七十年くらい前。異国で知りあって未だに交友は珍しい。

5月28日

早くから眼が覚める。暑い季節に替わっていたんだ。体からエネルギーが発散してしまったようだ。

この数日前の病室暮らし、何の不自由もなく、わずらわしい事もなく、それでいてその生活から抜け出したいと思うのはなぜだろう。やることがない、思いわずらうことがない。仕事、雑事、一切ない。妙だなあ。

5月29日

体が吸い取られるような睡《ねむ》り。浜辺に打ち上げられたように、ぐったりと起きる。そうして終日、混沌とソファに横たわったきり。

リハビリ姉ちゃん、優しく体を揉んでくれて、今日はおしまい。

5月30日

終日、降り続く。本当に梅雨なんだ。濡れながら歯科医詣。歯がよくなる、という訳じゃない。痛みを止めるため、そっと掃除。

夜は風呂にも入れてもらう。入れてもらうというのは、湯舟に漬けて頭から洗って、濡れた体を拭きとる。

ごく当たり前のことだが、湯舟から抜け出すのも大変な苦労。いつまで繰り返すつもりか。

5月31日

晴れ間も出た。しばし画面に向かっていたが、どうも呼吸が整わない。投げやりになる。どうしろと言うのだ。本を読む気にもならん。

気になるウクライナ戦線。いったい地球はどうなるのか。

6月1日

テレビはやたら台風を報じている。この窓から見る海一面、どこ吹く風の晴れやかさ。

よそみしている間に、筆がもう固まっている。かなり動きが鈍いのか、手伝ってもらって絵具の蓋の固まったのを取り除いたり。いかんなあ。

6月2日

朝食後、ソファに寝転び、胸苦しさに脅える。今日中に息が途絶えるのではないか。不安。

アトリエの隅に置いた簡易ベッドにもぐり込み、酸素吸入器を当てる。充分に生きた。死んでもいい年頃。そんな、たわけたことを自分に納得させようとする。

6月3日

雲が晴れると、もう夏の光。暑い。気分は晴れて、モラルは上々。〈モラル〉フランスの医者は、患者にまずそう尋ねた。病人の生きようとする意欲、そういう健全さを、何よりも患者に求めているのだろう。

先日、贈ってきた毛利眞美の本をぱらぱらとめくっていると、ぼくが出てきた。人の眼に映るぼく、そうであるような、ないような。

6月4日

日曜日、午前中だったか、千里、東京からやってくる。慌てて車に乗り、久留米市美術館。「野見山暁治の見た一〇〇年」展。今日でおしまい。

少し疲れている。それに近頃、一時間おきに排泄。それがぼくの行動をやけに制限する。高速の途中で、我慢できなくなったら、どうしよう。

展覧会は企画がいいのか、並べられた顔ぶれ、面白かった。しかし案の定、トイレを横眼に入れての、あわただしさ。厄介な業を背負っての余生。

2023年6月

水槽の中で泳ぐ――『最期のアトリエ日記』解説にかえて

堀江敏幸

どんな分野においても持続というものは困難である。その時々になすべきことを判断し、なすべきでなかったことを悔やみ、芯を曲げずに進んでいかなければ、それはただの惰性になる。野見山暁治は齢八十を過ぎてから「アトリエ日記」の連載をはじめ、以後、二十一年にわたって書き続けた。

いかにも軽く、飄々と書かれているように見えるけれど、この日記は本気の塊である。文章をつづるということにおいて妥協はまったくない。野見山さんにとって、四〇〇字詰めの原稿用紙は画用紙やキャンバスとおなじ重みと自由を保障する表現媒体だった。語の配置や句読点の位置は、デッサンの線や油彩における色調のバランスに匹敵する。

日記の体裁をとっている以上、そこには過去、現在、未来がすべて入って来る。九州の炭鉱町で過ごした少年時代の回想、戦時の記憶、恩師や友人たちの肖像、家族の思い出、展覧会や個展の寸評、政権批判、次々にやってくる別れ。自作への言及はすべて、これから野見山暁治の仕事を振り返るうえで貴重な証言になるだろう。

二〇二〇年五月から、亡くなる二〇二三年六月までの記録をまとめた本書の大半を占めているのは、老いに対する抵抗であり、抵抗を抵抗と見せない若々しさだ。世間は野見山さんに老人を演じることを強いる。年相応の老け方をしてほしいと迫る。それに対して、進化し続けている作品世界を九十歳、九十五歳、そして百歳という指標で区切ることになんの意味があるのかと、やわらかい言葉の礫を放つ。ユーモアでコーティングされているから、私たちはそこに尋常でない覚悟と持続性のある毒がふくまれていることに気づかない。同時に、これまでの演技が演技でなくなっていくことへの怯えと怒りと諦念も感じられて胸を衝く。

「いま描いている絵が、人の眼にどう映るか。作者と同じ反応をこの絵から受けてくれるだろうか。どうも水槽の中を泳いでいるようで、やりきれん」（二〇一〇年五月六日）。

野見山さんは自分の絵が人の目にどう映るかなど、本当は考えていない。自分がどう描いているのかわからない状態は、老いとは無関係な、絵を描くという営為の本質そのものだからである。野見山さんは自分を画家ではなく絵描きと呼んでいた。「俺は天性、絵描きだ。絵描きの誰に聞いても、そう答えるだろう」（同、五月十三日）という台詞は、よほどの覚悟と自信がなければ口にできないものである。絵描きはみな水槽の中であえぐ。まれに海へ出る瞬間があっても、さらに外へと出て行く正しい方法は、いつまでたっても見つからない。それを承知でなお絵を描く喜びに身を委ねつづけられる人だけが、絵描きを名乗りうるのだ。

ただし、野見山さんは、絵描きでしかない自分を客観視して、「始末がわるい」とつけ加える。「実はマヤカシだな」と言ってみせる（同、五月二十日）。全部で七冊積みあげられた『アトリエ日記』の最大の魅力は、この「始末のわるさ」の明るい表出にある。ぼやきや愚痴の形を装った「現在」と少し先の「未来」の可能性を、百歳を超えても野見山さんはまったく諦めていない。「ああ、みんな消えてゆくんだ」（同、七月十四日）とつぶやき、いつなにが起きてもおかしくないとの自覚のなかで、まだ絵のために、文章のために手脚を動かしつづけている。

この徹底して前向きな「始末のわるさ」をもってしても押さえられなくなってきた衰弱の過程を、正直に描きだす日記の終わりは、たしかに寂しい。しかしこの寂しさの捉え方が、ふしぎなことに読む者を、あとから来る世代を、絵を描きたいと思う人々を、そして文章をつづりたいと夢見る人々をも励ます。要するに『アトリエ日記』は一個の文学作品なのだ。

野見山暁治は天性、物書きである。物書きの誰に聞いても、そう答えるだろう。

（ほりえ・としゆき／小説家）

本書は、月刊誌『美術の窓』（生活の友社発行）に連載した「アトリエ日記」（二〇二〇年五月から二〇二三年六月まで）に加筆・修正し、単行本として出版したものです。

生活の友社の好評既刊

どうにもアトリエ日記

野見山暁治 著

「日々を他愛なく過ごしているうちに、百歳が目の前に迫ってきた。そんな年齢のことはどうでもいいが、急に周囲が囃したてる。」百寿を目前に控えた野見山暁治は、何を思う？　２０１７年３月～２０２０年４月の日記を収載。

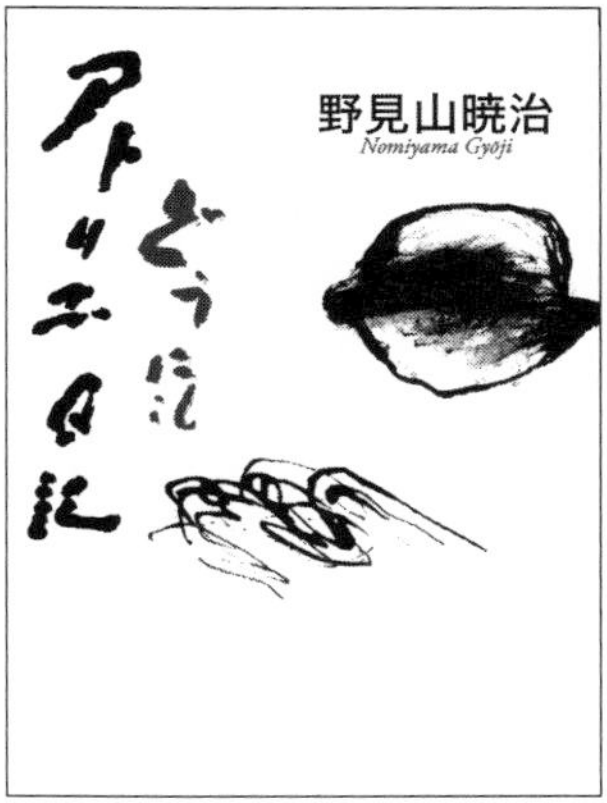

［仕　様］　タテ 177 × ヨコ 130mm
並製本 帯･カバー付　総 498 頁
［価　格］　2,500 円+税
［ISBN］　978-4-908429-29-3

やっぱりアトリエ日記

野見山暁治 著

時流にとらわれることなく、ひたすら自己の絵画と格闘しつづけてきた野見山暁治の日記と挿画を収載（２０１１年４月～２０１３年10月）。巻末には画家・野見山暁治の日常に迫る「１０５の質問」もあわせて収載。

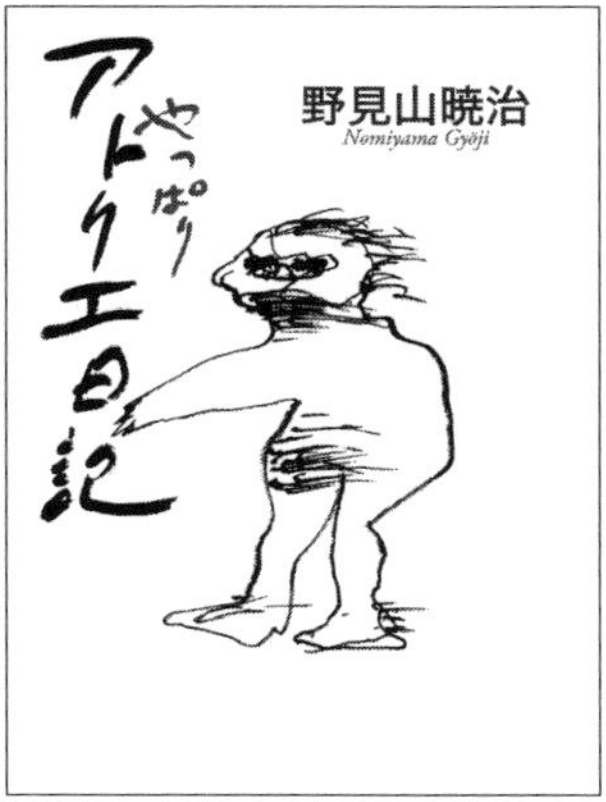

［仕　様］　タテ 177 × ヨコ 130mm
並製本 帯･カバー付　総 394 頁
［定　価］　2,300 円+税
［ISBN］　978-4-915919-85-5

生活の友社の好評既刊

異郷の陽だまり

野見山暁治 著

海っぱたのアトリエをとりまく景色、藤田嗣治・麻生三郎・香月泰男・木村忠太・森芳雄・小川国夫・田淵安一たちとの邂逅、パリ時代の記憶、3・11から3ヶ月後の被災地で感じたこと……、ありのままに綴ったエッセイ集。

［仕　様］タテ188×ヨコ130mm
並製本 帯・カバー付　総260頁
［定　価］1,600円+税
［ISBN］978-4-915919-75-6

病《やまい》膏《こう》肓《こう》に入《い》る
――鹿島茂の何でもコレクション

鹿島 茂 著

「どこに潜んでいるか分からん夢を、ずっと捜しつづけるなんて、病みつきなんだ」（野見山暁治／帯より）。5年間にわたりコレクションという〝病〟を考え続けた月刊「アートコレクターズ」の連載エッセイを単行本化。

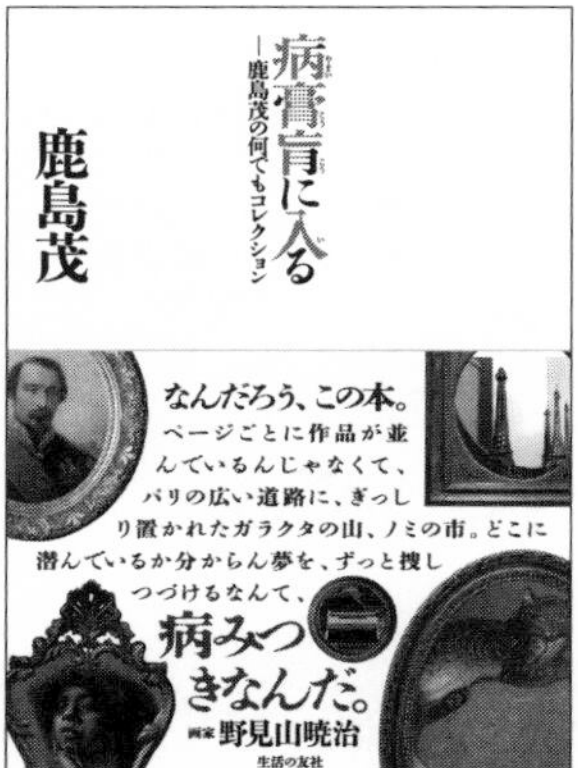

［仕　様］A5判　並製本 帯・カバー付
フルカラー、総250頁
［定　価］3,000円+税
［ISBN］978-4-908429-14-9

野見山暁治（のみやま・ぎょうじ）

1920年福岡県生まれ。43年東京美術学校油画科を卒業。応召、45年傷痍軍人福岡療養所で終戦を迎える。52～64年滞欧。58年安井賞受賞。68年東京藝術大学助教授（72年教授）に就任（81年辞職）。78年『四百字のデッサン』で日本エッセイスト・クラブ賞受賞。92年芸術選奨文部大臣賞受賞、94年福岡県文化賞受賞、96年毎日芸術賞受賞。2000年文化功労者顕彰。14年文化勲章受章。著書『パリ・キュリィ病院』『絵そらごとノート』（筑摩書房）、『一本の線』（朝日新聞社）、『うつろうかたち』『みんな忘れた 記憶のなかの人』（平凡社）、『アトリエ日記』『続アトリエ日記』『続々アトリエ日記』（清流出版）、『異郷の陽だまり』『やっぱりアトリエ日記』『じわりとアトリエ日記』『どうにもアトリエ日記』（生活の友社）、など多数。2023年6月22日逝去。

最期のアトリエ日記

2023年12月17日　初版第1刷発行

著者――野見山暁治
編集――引間由貴
発行者――一井義寛
発行所――株式会社 生活の友社
〒一〇四―〇〇六一
東京都中央区銀座一―一三―一二
電話　〇三(三五六四)六九〇〇
www.tomosha.com
印刷・製本――株式会社シナノ

 ISBN978-4-908429-38-5 C0095